Kaho Matsuyuki

with Ryou Mizukane

狐の婿取り

—神様、契約するの巻—

CROSS NOVELS

松幸かほ
NOVEL:Kaho Matsuyuki

みずかねりょう
ILLUST:Ryou Mizukane

陽 はる
ちび狐。妖力を持って生まれたため、
琥珀に預けられることに。食べること
が大好きな育ち盛り♥
香坂涼聖 こうさかりょうせい
診療所の医師。琥珀と陽と共に暮らす、
かなり幸せな男。琥珀とイチャイチャする
時間が減ったのが悩みの種。
琥珀 こはく
かつて八本の尻尾を持っていた神社の
神様。涼聖の愛の力により、最近四本目
の尻尾が生えてきた。ツンデレである。
Characters
Kaho Matsuyuki Presents

伽羅

きゃら

間狐。幼い頃に琥珀と出会い、心酔。彼を追って香坂家に転がり込む。最近は多少空気を読むように。

月草

つきくさ

大きな神社の祭神。美しく教養もあるが、陽に一目惚れをしており、萌え心が抑えられない様子。

白瑩（シロ）

しろみがき

香坂家にずっと暮らしている座敷童子のなりかけ。涼聖と千歳の遠いご先祖様。存在感が薄め。

千歳

ちとせ

涼聖の甥っ子で小学校二年生。幼いころから身体が弱く、救急搬送の回数は二桁。何やら秘密を抱えているようで…？

CONTENTS

CROSS NOVELS

CONTENTS

狐の婿取り
神様、契約するの巻

Presented by
Kaho Matsuyuki
with
Ryou Mizukane

Illust
みずかねりょう

松幸かほ

CROSS NOVELS

1

居間のカレンダーがめくられ、新たな月、三月が始まった。

「三月っつっても、まだまだ寒いなぁ」

朝食の準備をしながら涼聖（りょうせい）が呟くと、

「旧暦ではまだ一月だからな」

そっと琥珀（こはく）が返してくる。

「今、世間はグレゴリオ暦でしたっけ？　それで動いてますけど、気候に関しては旧暦のほうがしっくりくるかもですよねー」

そう続けたのは伽羅（きゃら）だ。

「しゅんぶんのひ、は、おひるまのながさと、よるのながさがいっしょになるんでしょう？」

そこにお茶碗をならべていた陽（はる）が会話に加わってくる。

この部分だけを見れば、香坂（こうさか）家は平和な、男ばかりのシェアハウス、といった趣だが、

「しゅうぶんのひも、そうです」

と、付け足すのは、ちゃぶ台の上で箸を綺麗（きれい）にならべるシロである。

シロの身長は十五センチほど。

つまり、人間ではない。

かなり昔に死んだ涼聖の御先祖様で、座敷童子…のなりかけ、だ。

人間ではないのはシロだけではなく、むしろ、涼聖しか人間ではない。

琥珀は三本の立派な尻尾と、細い四本目の尻尾——年明けに新たに生えてきた——を有し、伽羅は七本の尻尾を持つ稲荷神で、陽は将来稲荷神となる予定の子狐だ。

「二十四節気に七十二候、日本には日本で培われた暦があるというのに……すっかり忘れられておる」

嘆かわしい、というような声で参加してきたのは金魚鉢の中にいるタツノオトシゴの姿をした龍神だ。

「クリスマスに喜んで酒を楽しんで、バレンタインにウィスキーボンボンを食いまくってたおまえがそれを言うのか？」

涼聖が突っ込むと、

「両方のよいところを取り入れ、文化にまで昇華する。この国で古からしておることではないか」

龍神はさらりと返してくる。

「だめですよ、涼聖殿。龍神殿はヘリクツにかけては天下一品ですから」

さらりと龍神をディスった伽羅は、

「陽ちゃん、シロちゃん、これを一つずつ置いてくれますかー？」

小鉢の載ったお盆を陽に手渡す。

平和ないつもと同じ朝の光景。

そして、いつも通りの一日が始まるかと思ったのだが、朝食後、涼聖の携帯電話が鳴った。メールや、連絡用アプリなどの着信音ではなく、通話のほうだ。

集落で唯一の医者である涼聖の携帯電話が、通話のほうで鳴ることは、急患であることが多い。

そのため、何かあったか、と思い携帯電話を見たが、画面に表示されているのは「兄（下）」だった。

涼聖には双子の兄がいる。上の兄は聖明（さとあき）、下の兄が聖史（さとふみ）と言い、子供の頃にはよくいじめられ――いや、鍛えられたものだった。

「なんだ、兄貴か……。もしもし、兄ちゃん、何？」

安堵しつつ電話に出る。

『おう、涼聖。元気そうだな。今、時間ちょっといいか？』

連絡用のアプリ等で互いの動向は大体知っているとはいえ、声を聞くのは少なくとも二年以上ぶりだ。

それでも、何の感慨もなく単刀直入に本題に入るのは、男兄弟だからか、それとも香坂家だけかは分からないが、とりあえずいつもこんな感じだ。

「大丈夫。何？」

『千歳（ちとせ）がさ、おまえんとこに泊まりに行きたいっつってんだけど、頼める？』

「千歳が？　史兄の家族みんな？」

　それなら布団を借りてこないといけないな、と思っていると、

『いや、千歳だけ』

「え？　一人？　千歳、まだ小一とかじゃなかったっけ？」

『今二年。四月から三年生だ。おまえ、可愛い可愛いうちの千歳の年齢も忘れるとか、ボケたのか？　あぁ？』

　離れて住む甥っ子の年齢をついうっかり忘れてしまうのは仕方のないことだと思う。だが、子煩悩な聖史は電話越しに本気で凄んできた。

「ごめんって。で、千歳だけって、大丈夫なのか？」

　心配なのは年齢的に「一人でお泊まり」が寂しくなったりしないか、ということもあるが、それ以上に千歳の体調だ。

　千歳は体が弱い。

　予定日より六週間早く生まれたということもあるが、生まれつき虚弱な体質なのか、入院も多かったし、救急搬送も二桁回数を軽く突破している。

『俺は仕事でちょっと休み取れないし、舞さんは下二人の世話があるからな』

　舞さん、というのは聖史の妻のことで、詳しいことは知らないが聖史は彼女に頭が上がらないらしい。

そして二人の間には千歳を筆頭に子供が三人いる。涼聖がこちらに来る直前に生まれたのが女児で、一年前に二人目の男児が生まれていて、その子の誕生を涼聖は年賀状で知るという有様だった。

「今年は雪が少なかったけど、季節的に、こっち、まだ寒さ厳しいぞ……」

『それは俺も言ったんだよ。行くなら夏にしたらって。けど、今って言って聞かないっていうか、千歳がこんなに意見主張してくんのも珍しいし、何かあっても、おまえ医者だし、そこだけは信頼してる。……頼めるか？』

聖史は、基本、千歳に甘い。まあ、叔父である涼聖も、近くに暮らしていた時は千歳に対しては甘かったような気もするので何とも言えないのだが。

「ああ、大丈夫。けど、千歳は……、いや、うち、同居人いるけど、そのこと千歳知ってる？」

『ツリーハウスの動画に出てた子と、その保護者さんだろ？　ちゃんと知ってる。……千歳が丈夫じゃないってことだけ伝えといてくれたら』

「そっか、分かった。いつ来るんだ？　春休み？」

『これから千歳と相談して決める。とりあえず今はおまえの了解取りたかっただけだから、改めてまた電話するわ。じゃーな』

言いたいことを言い終えたのか、聖史は電話を切った。

「用件は確かに終わってるけどよ……」

呟き、携帯電話を置いた涼聖は、漏れ聞いた用件について詳細を求める目で自分を見ている琥珀、陽、シロ、伽羅に気づいた。

「どなたか客がおいでか」

最初に口を開いたのは琥珀だった。

「ああ、甥っ子。なんか、うちへ遊びに来たいって言ってるらしい。陽よりちょっとお兄ちゃんかな」

陽を見ながら言ってやると、陽は笑顔になった。

「いっしょにあそべる？」

「多分な。ちょっと体が弱いから、外で走り回ったりとかっていうのは難しいかもしれないけど」

「じゃあ、トランプしたり、ツリーハウス行ったりするね！」

楽しみ、と陽が呟いた時、

「誰ぞ、客が来るのか」

金魚鉢の中で、いつの間にかうとうとしていたらしい龍神が聞いてきた。

「ああ、俺の甥っ子。しばらく泊まると思うんだけど、その間、ずっと人の姿になってるか、金魚鉢で今みたいにそうやってるか選んでくれ」

龍神は基本的に金魚鉢でタツノオトシゴの姿でいるが、時折人の姿になることがある。

大体、食べたい料理がある時や酒を飲みたい時だが。

「金魚鉢だ」

「分かった。もしかしたら、伽羅が張り切って毎日ピザかもしれないけど」

「何⁉」

ピザが大好きな龍神は涼聖の言葉にものすごい勢いで反応したが、

「毎日ピザを食べられるほど、もう若くないでしょ、涼聖殿も。俺も、さすがに毎日は無理ですよー。もしかしたら、本宮へ戻らなきゃなんないかもですし」

伽羅が言って軽く肩を竦める。

「本宮へ戻る？　栄転か何かか？」

涼聖が問う。

「なんでそうやって俺を追いだそうとするんですかー。栄転の話がいつ出ても不思議じゃないくらい俺は優秀ですけど、違います。琥珀殿が白狐様に頼まれてる術の件で、ちょっと」

伽羅の返事に涼聖は納得する。

陽も、詳しいことは知らないが、琥珀が本宮の長である白狐の手伝いをしていることは知っているので、

「じゃあ、こはくさまも、ほんぐうへいくの？」

と聞いてきた。

「それは分からぬ。白狐様がどのようにお考えかによるゆえな」

「こはくさまがほんぐうへいくとき、ボクもいっしょにいっちゃだめ？　あきのはちゃんとあいたいの」

　陽が可愛く聞く。

　秋の波（あきのは）は、元五尾の稲荷で琥珀の友人なのだが、いろいろとあって今は子供の姿になっている。頭脳や記憶などの中身は元のままではあるのだが、感情面が今の肉体である子供な部分に引きずられていて――と、説明されているが、元来子供っぽさの抜けない気質であったため、あんまり関係ないのではないかとも言われている――陽ともいい友達なのだ。

「白狐様より話があれば聞いてみるが、涼聖殿の甥御殿がおいでの時と重なれば、そなたまでいなくなるのは失礼になるぞ」

　琥珀に言われて、陽は「あ、そっか」と納得した様子で呟き、

「りょうせいさんの、おいごさんが、かえっちゃったときだったら、あきのはちゃんにあいにいきたい」

　と願いを訂正する。

　それに琥珀は頷き「話が出れば、その折に伝えておこう」とだけ返した。

「あ、そうだ。それで、シロ、おまえなんだけど」

　琥珀と陽の会話に千歳のことが出てきて、涼聖は思い出したようにシロに声をかける。シロは涼聖が何も言っていないにもかかわらず、何を言いたいのかを察していたらしく、

「おきゃくさまがおいでのときは、みつからぬようにするので、しんぱいなさらずともだいじょうぶです」

そう返していた。シロの返事を聞いて、陽は、

「えー！　さんにんであそびたいのに！」

不満を口にするが、

「しかたありません。われは、ひとのすがたではありますが、おおきくはなれませんから」

シロは陽を説得する。陽はまだどこか不満そうだったが、

「じゃあ、そういうわけで、お客様が来た時は頼むな」

涼聖は話を終わらせ、朝食で使った食器を集めて台所へと運ぶ。

「涼聖殿、食器は俺が洗いますから、診療所へ行く準備してください」

伽羅がすかさず言い、涼聖は「いつも悪いな」と、食器を下げることだけはして、出かける準備をするために自室へと戻る。

涼聖が自室に戻って間もなく、ドアが叩かれる音が聞こえた。

「涼聖殿、少しいいか」

琥珀の声だった。

「ああ」

返事をすると、琥珀がドアを開け部屋に入ってきた。

「どうした？」

琥珀が部屋に来ることは珍しくないが、この時間に、というのはあまりない。

早急に聞いておきたいことがあるのだろうと察して問うと、

「甥御殿は、何か心配事を抱えておいでか」

琥珀はそう聞いた。

「え？」

「体が丈夫ではないということのほかに、何か心配事があるのか？」

問い重ねてくる琥珀の言葉に、涼聖は小さく息を吐いた。

「俺、そんなそぶりしたか？」

「電話の時に、何か言いあぐねるようなところがあったゆえな」

涼聖は覚えていないが、琥珀が言うのなら、そうなのだろう。

「まあ、ちょっとな。丈夫じゃないっていうのは、さっきも話したけど……そのせいか学校も休みがちで、そのことでいろいろあんのか、今、ちょっと不登校っていうか……学校にあんまり行ってないんだ。勉強が嫌いってわけじゃないみたいっていうか、授業に遅れないようにって家庭教師つけてもらってるんだけど、むしろ勉強熱心で、頭はいいらしい」

「……人付き合いのほうで、何かあるのやもしれぬな」

「今時は小学生でも大変みたいだからなぁ……」

小学生なのに鬱(うつ)傾向にある子供も多いなどという話を聞くと、つくづく今の時代に小学生じゃなくてよかったと思う涼聖である。

「俺が知ってんのは、こっち来る前の千歳だけど、陽とはまた違う感じの、すごいいい子でさ。ただ、気が弱いところもあるから、それでいろいろあんのかな、と思う。けど、あんまり気遣わないでやってほしいんだ。そういうのも、逆にプレッシャーになると思うから」

「分かった、そのようにしよう」

「悪いな、いろいろ気を遣わせる」

その涼聖の言葉に琥珀はふっと笑い、

「涼聖殿には、こちらのことのほうでいろいろと気を揉ませておるゆえ、気にするな」

そう言うと、部屋をあとにした。

「……何か今の琥珀、超美人だったな…。最近色気が増したっつーか。尻尾、増えたからか？」

一人になった部屋で、涼聖は独りごちた。

千歳が来る日程は、その日の昼に聖史から連絡が再び入り、

『一日も早く行きたいっていうから……この土曜にでもって思ってるんだけど、急すぎ？』

と打診があった。

念のために「学校は休んでも大丈夫なのか？」と聞いてみると、

『学校には療養を兼ねて医者をしている弟のところに行かせたいって、朝から相談してきた。まあ、快くって感じじゃなかったけど、小学校に上がってからも一回入院してるし、まあ仕方ないって感じでＯＫしてくれてる。……家にいても、多分、登校しないと思うし』

と返って来て、その口ぶりから、問題なのは体ではないのが窺えた。

「そっちのＯＫが出てるならこっちはかまわない。何時に到着するかだけ教えて。迎えに行くから」

保護者と学校からＯＫが出ているなら、普段接していない涼聖がとやかく言う問題ではない。受け入れることは決めていたし、その時期が多少早くなるくらいはどうということもないので、あっさりと返事をする。

千歳が土曜に来るということを伝えると、陽は「すぐ、あえるね！　たのしみ！」と笑顔になり、琥珀は黙って頷いた。

そして、土曜――。

診療所は午前診療だけで、涼聖は診療を終えると琥珀と陽を家に送り届けたあと往診に出た。

電車の到着は三時過ぎで、往診を終えてから駅に向かうと、到着時刻よりも十分ほど早いだけだった。

車を降り、改札前で待っていると、ほどなく電車が到着し、改札へと向かってくる客の姿が見え始めた。その中に一人、小さな子供の姿があった。

「千歳！」

声をかけると、涼聖の声にその子供は軽く会釈をし、そして改札を抜けて涼聖へと歩み寄った。

「涼おじさん？」

「ああ。ここまで遠かっただろう、よく来たな」

軽く背をかがめて頭を撫(な)でてやると、千歳は、

「……お世話になります」

お行儀よく、ぺこりと頭を下げた。

「そんな畏まんなくていいって。大きくなったなぁ」

記憶の中の千歳は陽くらいの身長だったが、その頃より背が伸びていた。

細いのは相変わらずだが、病的な感じはしないので、内心でほっとする。

「車、すぐそこだから行こうか。荷物、貸して」

涼聖はそう言うと、千歳が持っていた荷物を受け取り、背負っていたリュックも下ろさせて片方の手でひとまとめにして持った。そして、空いたほうの手で千歳と手を繋(つな)ぐ。

「電車で疲れてるとこ悪いけど、家までここからまだ一時間かかるんだ」

車に乗り、助手席に座った——もしかしたらチャイルドシートが必要になるかと思っていたのだが、家でも使っていないというので普通に座らせた——千歳に涼聖は言う。

「お父さんから、遠いって聞いてるから、だいじょうぶ」

「そうか。舗装もされてるし、すごい山道ってわけじゃないけど、わりとカーブが多いから、もし気分が悪くなったりしたら、遠慮しないで言えよ」

涼聖はそう伝えて、車を出発させた。

車内では、千歳との距離感を測りながら、気づまりにならない程度に話をした。

たとえば、まだ涼聖が向こうにいた頃には比較的よく会っていたが、覚えているか、とか、そういうことを中心に、だ。

「涼おじさんと、いっしょに花火を見たの、覚えてる。びょういんの屋上で」

「ああ、そんなことあったなぁ。特等席だっただろ、あそこ」

丁度千歳が入院中で、容体が落ち着いていたので連れ出し、屋上で一緒に花火を見た。

来年は、屋台でいろいろ買おうな、と話していたのを覚えている。結局、その約束は果たされなかった。

その「来年」に、涼聖はもう向こうにはいなかったからだ。

「ごめんな、屋台でいろいろ買ってやるって約束してたのに」

謝る涼聖に、千歳は「それは、おぼえてない」とキョトンとした顔で言ってから続けた。

「あとは、おうちであったこと、覚えてる。涼おじさんは、ソファーでよくねてた」

「あー、仮眠取らせてもらってた時だな」

救命救急医時代、休憩時間は基本的に病院内で仮眠を取っていたが、院内での仮眠ではすぐに呼び出されてしまうことが多い。

いくら若くても限界はあり、そんな時は病院の外で休憩を取っていた。

かといって一人暮らしをしていたマンションに戻れば眠り過ぎてしまうので、病院からマンションの次に近い聖史のところで仮眠を取らせてもらっていた。

「涼おじさんは、今も、いそがしいの？」

「そうだなぁ。医者が俺しかいないから、そういう意味じゃ忙しいのかもしれないけど、前みたいな忙しさじゃないな。ちゃんと、夜は家に帰って眠れるし」

一日の切れ目がどこにあるのか分からないような生活をしていた。

今も、救命救急に所属している医者はそうだろう。

職場を離れたのは、勤務の過酷さが理由ではなかったが、それでも今もそこで働いている同僚たちのことを思うと、どこか申し訳ないような気持ちになることがある。

「よかった。お父さんが、涼おじさんは一人しかいないお医者さんだからすごくいそがしくて、大変だって言ってたから」

「一応、心配してくれてるんだなぁ、史兄も」

涼聖が言うと、千歳は頷いた。

そこで一度会話が途切れ、涼聖はラジオをつけた。特に何かを聞きたいわけではなかったが、会話が途切れても気づまりにならないようにするためだ。

ラジオから流れる様々な話題に耳を傾けるうちに、車はカーブの多い場所に差し掛かった。

安全運転を心掛けていたが、山道には慣れていないのか、千歳は不意に胸元に手を当てた。

「千歳？　酔ったか？」

ちらりと千歳を見ると眉根(まゆね)を寄せた厳しい顔をしていて、顔色は青かった。

「車、ちょっと停めて降りるか？　外の空気を吸ったら……」

そう言った涼聖に、千歳は頭を横に振った。

「だいじょうぶ！　……はやく、おうちへ行きたい」

それは意外に思えるほど強い言葉だった。

「そうか？　けど、無理そうなら我慢するなよ」

本人が大丈夫だというのなら、とりあえず先に進んだほうがいいだろうと判断して、涼聖は車を停めずに走り続けた。

もちろん、千歳の様子を窺って、我慢をしているようならどこかで停めるつもりをしていたが、五分もすると持ち直した様子になった。

「ちょっと、落ち着いたみたいだな」

「…うん」

「今は、体はどうだ？　前みたいに病院に行ったりとか、あるか？」

聖史からは、最近は大丈夫だと聞いているが、千歳はわりと我慢をしてしまうように感じていた。

今より幼い頃でもそうだったのだから、今なら小さな不調などは隠してしまうだろう。

そう思って本人に確認してみた。

「かぜをひいたりして、おうちのちかくのびょういんに行ったりはしたけど、前みたいに、きゅうきゅうしゃにのっていったりすることはないよ」

「そうか。大きくなって少しずつ体が強くなってきてるんだな」

涼聖は笑顔で言ってやったあと、

「じゃあ、病院に行ったり、お父さんやお母さんに言うほどじゃないけど、今日はちょっと調子悪いな、とかそういう日はある？」

続けてさりげなく聞いた。それに千歳は明らかに何か言いあぐねるような間を置いた。

「……体は、だいじょうぶ」

それでも、返ってきたのは大丈夫だという言葉だ。

だが、わざわざ「体は」と付け足したところが引っかかった。

聖史からの電話でも感じたが、体以外が——心や気持ちの問題だろう——大丈夫ではないのかもしれない。

——やっぱ、不登校っていうの、本人も気にしてんだろうな……。

子供心にも学校は毎日通うところ、という意識はあるだろう。

登校できない理由が何かは分からないが、体は大丈夫なのに、それができていないということでいろいろ自分を責めてしまっていたとしても不思議はない。

しかし、それは今、ここで問うことではない。

「体は大丈夫なのか。それなら安心した」

明るい声で返した涼聖に、千歳は少しほっとした様子で「うん」と返した。

そのあとは家まで、特に会話はなかった。

少しの間ラジオを聞いていたのだが、いつの間にか千歳は眠ってしまっていたからだ。

家へと続く一本道の坂を上り、生垣が見えてきたところで涼聖は千歳に声をかけた。

「千歳、もうすぐ家だぞ」

その声に千歳は少ししてから目を開けた。

「……ん…、あ、おうち」

「そう。お疲れ様」

涼聖は言いながら車を敷地内に入れ、停める。

先に涼聖が降り、後部座席から千歳の荷物を下ろす間に、千歳は自分でシートベルトを外して車を降りた。

「じゃあ、家に入るか」

助手席側に回った涼聖が声をかけた時、玄関の扉が元気よく開かれた。

「りょうせいさん、おかえりなさい！」

扉が開いたのと同じレベルでの元気印で飛び出してきたのは陽だ。

車が入ってくる音に気づいて待ちかまえていたのだろう。

その後ろから、琥珀と伽羅も出てきた。

だが、琥珀と伽羅は千歳に視線を向けたあと、互いに何かを確認するように見合った。

二人の様子が気になったが、叔父と甥という関係であるわりに、あまり似ていないとか、もしくは想像以上に似ているとか、そういったことを感じたのかと思いつつ、

「ただいま、陽、琥珀、伽羅。これが甥っ子の千歳だ」

涼聖はとりあえず千歳に紹介したあと、そっと千歳の肩に手を置いた。

「史兄から聞いてると思うけど、叔父さんが今、この家で一緒に住んでる陽と琥珀。それから、近所に住んでる伽羅だ」

紹介を受けた千歳は、戸惑いと警戒を含んだような表情をして、三人を見ていた。

人見知りをするタイプなのだろうと涼聖が思ったその時、千歳は衝撃的な言葉を放った。

「こんにちは、きつねさんたち」

2

千歳が放った言葉に、涼聖はもちろんのこと、琥珀と伽羅も固まった。

陽は、耳と尻尾をしまい忘れてしまったのだろうかと慌てて頭とお尻を触って確認する始末だ。

——陽…、それ、もう完全に自白行為だからな……。

そうは思うが、バレなかっただけで診療所まで耳と尻尾を出したままで行ってしまったことのある陽は、自分がやらかしたと思ったのだろう。

「陽、さすがにノリがいいな」

涼聖は陽の様子を、千歳に言われたことを受けてのノリまたはボケというように見せかけられるように何とかフォローしたあと、

「千歳はおもしろいな。きつねさんだなんて」

ごまかそうとしたのだが、千歳は、

「みんな、きつねさんでしょう？　後ろの二人は尻尾がたくさんある」

と、的確に言い当ててきた。

そこまで言われては涼聖も返す言葉がなく、沈黙してしまう。

沈黙の中、

「……ごめんなさい…」

俯（うつむ）いて、謝った千歳はそのまま続けた。

「ぼくは、こういう子だって、一番分かりやすいと思って……」

千歳の言葉に琥珀と伽羅は頷いた。

「千歳殿は『視（み）える』目をお持ちか」

優しい声で問う琥珀に、千歳は俯いたままで頷いた。

「じゃあ、隠す必要もないってことですねー。とりあえず、家に入りましょうかー」

空気を変えるように伽羅は明るい声で言い、案内しようとそっと千歳に近づいた。しかし、それに千歳は後ずさり、涼聖の後ろに隠れた。

その様子に全員が戸惑ったが、

「千歳、うちに入ってちょっとゆっくりしよう。な？」

涼聖が後ろに隠れてしまった千歳を振り返り、優しく声をかけ促す。それに千歳はぎこちなく頷き、全員がどうしていいか分からない気持ちのまま、とりあえず家の中に入った。

居間に入ると、龍神は大人しく金魚鉢の中にいたが、

「……あの金魚鉢…」

千歳は強張った顔で呟き、涼聖の袖口をぎゅっと掴んだ。

「あー…、やっぱ気づいたか……」

涼聖が呟くと、

「そりゃ気づきますよねー、俺たちの正体も視えちゃうくらいですし」

伽羅も仕方ない、という様子で苦笑する。

金魚鉢の中で起きて客の様子を観察しようとしていた龍神は、自分をじっと見る千歳の視線に、

「……なんだ、その者、視えておるのか」

そう言うと、金魚鉢からひと跳ねして飛び出すと、人の姿で畳の上に片膝をついて着地する。

「いつもながら華麗な着地で」

伽羅が言うと、

「高い場所からであれば二回転に捻りも加えられるぞ」

龍神はやや自慢げに言う。

その様子に千歳は完全に固まった。

そんな千歳に龍神はかまうことなく立ち上がると、陽の部屋へと向かった。襖戸を開けると、

「シロ、客人はどうやら視える性質らしい。隠れずともよいようだぞ」

部屋の中に入り、カラーボックスにある自分の部屋でくつろいでいたシロを連れて居間に戻ってきた。

龍神の手に乗ったシロは、千歳を見ると、ほう…、とどこか感心したような嬉しそうな息を吐いた。

「これはこれは……」

シロが感嘆したように口を開いた時、いろいろなことが一度に起こりすぎてパニックになったのか、千歳は真っ青になり、涼聖の袖を摑んでいた手を放して口元を押さえた。

「…っ…ぉ、ふ…、う…」

「千歳！」

座りこんだ千歳の傍らにすぐ膝をつき、涼聖は手近にあったゴミ箱を引き寄せた。

嘔吐（おうと）する千歳の背中をさする涼聖に、

「りょうせいさん、えと……ちとせ、ちゃん…おからだ、わるいの？」

正体を言い当てられてから、どうしていいか分からず、少しショボンとしていた陽が、心配そうに問う。

「車の中でもちょっと気分が悪くなってたし、緊張もしてたからそのせいだろうと思う。千歳、とりあえず横になりに行こう。ここまで来るだけでも、いっぱい疲れただろう？」

涼聖は慌てず冷静に言うと、とりあえず嘔吐の治まった――もともと吐くほどのものを口にはしていないらしく、胃液だけだ――千歳を抱き上げると、客間へと向かった。

香坂家に客間は二つある。

一つは裏庭に面した琥珀の部屋の隣で、もう一つは台所や洗面所などの並びにある、涼聖の部屋の前の客間だ。

そちらは伽羅が使うことが多い部屋だ。

『琥珀の部屋の隣なんか危なくて、間狐に使わせられるか』

と、涼聖が指定したためである。

今回は、涼聖の部屋と容易に行き来できる部屋のほうがいいだろうとこちらを準備したのだ。

「涼おじさん……ごめんなさい…」

客間に運ばれた千歳は立ちつくしたまま、布団の準備をする涼聖に謝った。

「これくらいのことは、謝ることのうちに入らないぞ。ちょっと待ってろ、拭くもの持ってくるから」

涼聖は布団を敷き終えて一旦部屋の外に出る。洗面所に行って濡れタオルの準備をしようとすると、既にそこには伽羅がいて準備をしてくれていた。

「さすがだな伽羅」

「まあ、デキる七尾なんで」

サラリと言って洗面器に二つの濡れタオルと乾いたタオルを入れて渡してくる。

受け取り、客間に戻ると客間の入口に往診用のカバンと千歳の荷物が置いてあった。おそらく琥珀だろう。

涼聖はそれも手に、部屋へと入った。

相変わらず所在なげに立ちつくしていた千歳に微笑みかけてやり、

「とりあえず服脱いでパジャマに着替えようか。そんで顔とか手とか綺麗に拭いて、横になろうな」

手早く服を脱がせて顔や手など、汚れたかもしれない場所を一通り綺麗に拭き取り、もう一枚の濡れタオルで仕上げてやったあと、乾いたタオルを押し当てて水分を拭き取った。

「パジャマはこれでいいか？」

千歳のカバンからパジャマを取り出して渡すと、千歳は頷いてそれに着替えた。

「多分、大丈夫だと思うけど、念のために心臓の音とか聞かせてもらっていい？」

了解を取り、布団の上に座らせた千歳に聴診器をあてたり、血圧を測ったりして様子を確認する。

鼓動が少し速く、興奮しているのか血圧も高めだが、パニックを起こした直後であることを考えると無理もないだろう。

「うん、大丈夫だな。……眠れそうか？」

「……わかんない…」

「だよな」

涼聖は千歳を預かるにあたって、取り寄せた千歳のカルテを思い返す。

神経が過敏で眠れないことはよくあるらしく薬を処方されていた。

「ちょっとだけ眠りやすくなる薬飲もうか。家でも飲んだことあると思うんだけど」

千歳くらいの年齢の子供にやたらと薬を処方することには抵抗がないわけではないが、今は眠らせてやるほうがいいだろうと判断した。

涼聖の言葉に千歳が頷いたのを確認して、涼聖は往診用のカバンから薬を取り出し、量を調節する。そして用意されていた水差しの水で飲ませた。

粉薬なので嫌がるかと思ったが、飲み慣れた様子で全部を飲みきった。

「じゃあ、横になろうか」

涼聖は促し、布団に横たわらせる。

そして片方の手を握ってやりながら、目蓋(まぶた)の上に手を置いた。

「安心して。ついてるから」

そっと触れた手のひらの下で、目蓋越しに眼球が動いているのが分かる。いろいろと不安で緊張しているのだろう。

握ったほうの手の指を軽く、鼓動のリズムを刻むように、とん、とん、と動かす。そのリズムに集中させてやり、余計なことを考えないですむようにしばらくの間そうしていると、少しずつ千歳の体から力が抜けた。

呼吸がゆっくりとしたものになり、完全に寝入ったのを確認してから、涼聖はそっと手を離して布団の中にしまいこんでやると、立ち上がり部屋をあとにした。

居間に戻ると、琥珀、伽羅、陽、シロ、そして龍神も金魚鉢に戻らず人の姿のままで涼聖を迎え入れた。

「千歳殿の具合は？」

静かな声で琥珀が問う。

「今、寝てる。悪いな、心配させて」

謝る涼聖に琥珀は頭を横に振った。

「いや、かまわぬ。仕方のないことだ」

そう言った琥珀の言葉に続いて、

「気分が悪くなったのは、緊張もあっただろうが、おそらくは神気に中てられたからだろう」

龍神が言った。

「シンキ？　なんだそりゃ」

聞き慣れない言葉に涼聖は首を傾げる。その涼聖に琥珀は手近にあった広告の裏に『神気』と書いた。

「文字通り、神の『気』だ。こうして人界にいる時は抑えているゆえ、普通の人間であれば我らと接しても気づかぬであろうし、何かを感じたとしても多少気分が高揚する程度のものだ。だが、千歳殿は『視える』目を持っているし、こういった力に過敏なのではないかと思う」

「そんなこともあんのか……？」

「可能性が高いっていうより、間違いなくそうだと思いますよー」

半信半疑といった様子の涼聖に、伽羅が断定する。それを聞いて陽はしょんぼりした顔で口を開いた。

「じゃあ、ボク、ちとせちゃんとあそんだりできないのかな……」

「陽ちゃんは大丈夫ですよー。まだ子供ですからねー」

まだ神様じゃないから大丈夫だ、とは言わず、子供だから、と言い換えたのは伽羅なりの気遣いだろう。だが、陽は、

「でも、ちとせちゃん、ボクたちのこと、こわいんでしょう？　くるまからおりて、ボクたちをみたとき、こわいようなかおしてた……」

相変わらずのショボン顔のまま呟く。

「われたちがこわいというより、これまで、あまりよいおもいはされていないのでしょう。それで、けいかいされておいでなのです。われたちが、これまでのかれらとはちがうとわかれば、たしょうは……」

シロが陽を慰めるように言うが、シロの表情も不安げというか、心配げだ。

「とりあえず、ひと眠りしたらちょっと落ち着くだろうし、起きたら話しをしてみる。陽、もう少し待っててくれな」

涼聖は言って、陽の頭を撫でた。

それに陽は「うん」と頷いたが、千歳が来ることを楽しみにしていた分だけ、思っていたのと方向が違ってしまって、どこか寂しそうな様子だ。

だが、これればかりは涼聖にもどうもできない。

「俺、客間に戻るな。千歳が起きた時、誰もいないと不安だろうし」

涼聖は言い置いて立ち上がり、居間をあとにした。

千歳が目を覚ましたのは一時間少ししてからのことだった。

布団の傍らで胡坐をかいて本を読んでいた涼聖は、その気配を感じて視線を千歳へと向けた。

「目が覚めたか？　気分はどうだ？」

涼聖の問いに、千歳は少しぼんやりと不思議そうな顔をしていたが、自分が涼聖の家に来たことを思い出したのか、ゆっくりと布団から体を起こし、

「……だいじょうぶ…」

そう返事をしたあと、はらはらと泣き始めた。

「千歳、どうした？　やっぱりどこか調子悪かったりするか？」

小さな背中を抱くようにして手を回し、涼聖は問う。だが、千歳は頭を横に振った。

「ううん……、涼おじさん、ごめんなさい……」

「千歳が謝んなきゃなんないことは何もないだろ？　いろいろとびっくりするようなこともあったし、長い時間電車で疲れてたし、気持ちが悪くなったりしても当然だ」

涼聖は言いながら、タオルで千歳の涙を拭ってやり、そのあとはただ黙って背中を抱いたままで落ち着くのを待った。

いくらか間を置いて、千歳がしゃくりあげるのが止まってから、涼聖は聞いた。

「千歳は、いろんなものが『視える』んだよな？」

「……うん…」

「それって、いくつくらいの頃から？」

問う涼聖に、千歳は少し考えてから、

「もうずっと小さいころからだから、たぶん、生まれたときからだと思う」

そう返してきた。

「そうだったのか」

「うん。さいしょは、みんなも同じように見えてると思ってたけど、お父さんもお母さんも、ぼくが何を言ってるのかわかんないみたいなことがいっぱいあって……。何回もきゅうきゅうしゃにのったり、にゅういんしたりしたから、薬のえいきょうで、げんかくが見えてるんじゃないかって心配して、けんさをうけたりした」

「あ……、なんか相談されたことがある気がする…」

涼聖は千歳の言葉で思い出した古い記憶を引っ張り出した。

涼聖がこっちへ来る少し前のことだ。

投薬の影響があるんじゃないかと聞かれたことがあった。

だが、カルテを見ても幻覚などの副作用が出る薬は投与していないし、そっちの線はない、と返事をしたのを覚えている。

結局そのあと、心配で検査を受けたのだろう。

自分たちに見えていないものが見えると言われれば、心配になるのは当然のことだ。涼聖が親の立場でも、考えられるすべての可能性を一つずつ当たって原因を探っただろう。

だが、千歳が視ているのは幻覚ではない。物質ではないが、確かに存在するものだ。

「今さ、この部屋には俺とおまえしかいないっていうか、俺の目で見る限りだとそうなんだけど、千歳から視たら、他に誰かいたり、何か違うものが視えたりするか？」

もし視えていて、それが千歳の負担になるものであれば策を考えなければならない。そう思って涼聖は聞いた。

千歳はぐるりと部屋を見回してから、

「ここには、いない。少なくとも、おそとで見ちゃうみたいな『きもちわるいもの』はいないよ」

と、返してきた。

もう少し詳しく聞いてみたい気持ちはあったが、一度にいろいろと聞き過ぎると千歳の負担になるだろうと判断して、

「じゃあ、この家は多分、千歳にとって安全だと思う。さっき居間で会った狐と龍神はみんな神様で、小人さんは俺たちの遠い御先祖様だから」

と説明する。そして、

「千歳がここへ来てくれたのはすごく嬉しい。それは間違いなく本当だ。でも、おじさんはああいう人……いや、人じゃないな、まあ、神様たちと一緒に住んでる。もし千歳が、怖くて嫌だっていうなら、家に帰ってもいいし……倉橋（くらはし）先生がこっちに来てるから、倉橋先生がいる家に頼んでもいい」

どうする？　と言外に含ませて聞いたが、千歳は頭を横に振った。

それはこの家にいるという意思表示だろうが、

「でも、こんなところだって、知らなかっただろ？」

無理をしているのではないかと、問い重ねた。

「……知らなかったっていうか、おじさんが前にパソコンでこうかいしてた、ツリーハウスのどうがを見てたから、小さいきつねさんがいるのは知ってた。……大きいきつねさんとかは知らなかったけど……」

千歳はそこまで言って一度言葉を切ったあと、少し考えるような間を置いて、続けた。

「おばあちゃんが、ここのおうちに来なさいって、言ったの」

「おばあちゃん？」

予期しなかった言葉に涼聖は首を傾げた。

千歳が『おばあちゃん』と呼ぶのは、涼聖と聖史の母か、聖史の妻の母のどちらかだろう。

「おばあちゃんって、俺のお母さんの朋子ばあちゃん？　それとも千歳のお母さんのお母さん？」

この家に行けと言ったのなら、母方祖母の線は薄いだろう。

だが、もし涼聖の母が助言したのなら、千歳を頼むと連絡があってもよさそうなものというか、間違いなくうるさく電話をしてきたはずだ。

——まさか、こんなに急に来ると思ってなくて、とかか？

そんな風に思っていると、千歳は、

「ううん、ひいおばあちゃん。おぶつだんのところの、お写真のおばあちゃんが、ゆめで言ったの」

と返してきた。

それに涼聖は驚いたが、琥珀の魂が引き裂かれてしまった時、あまりに憔悴した孫の涼聖を案じ、琥珀の魂を縫い合わせに来てくれたことを思えば、ひ孫の危機に助言をしたということも納得できる話だ。

「そうか、染乃おばあちゃんかー。ここ、もともとおばあちゃんの家だしなぁ……」

感慨深く言った涼聖に、千歳は不安げな目を向けた。

「涼おじさんは、うそだって、そう思わないの？」

おそらく、よそで話せば嘘つきと言われるか、ただの夢だと言われて終わる類の話だろう。しかし、

「狐の神様や、龍神なんかと一緒に生活してる俺に、それを聞くのか？」

涼聖はそう言って笑った。

その返事に千歳はほっとしたような表情を見せる。

家でもいろいろなものが視えたり感じたりしているはずだ。だが、そのことを誰にも相談できなくて、大変なのだろう。

――そりゃ、俺だって琥珀たちと出会ってなかったら、夢見がちな子供が空想を話してるんだろうなと思っただろうし な……。

涼聖がそう思った時、

「涼聖殿」

廊下から涼聖を呼ぶ琥珀の声が聞こえた。

涼聖は千歳に、ちょっと待ってて、と言い置いて立ち上がると、廊下に顔を出した。

「どうした？　なんかあったか？」

そこにいた琥珀に問うと、琥珀は小さなお守り袋を差し出した。

「これを、千歳殿に渡してもらえぬか」

「千歳に？」

「ああ、神気から守るためのものだ。この家に滞在するなら、まったく接することなく過ごすということも難しいし、そのたびに気分が悪くなるのも大変ゆえな」

「わざわざ作ってくれたのか？　ありがとう、悪いな」

礼を言う涼聖に、

「礼を言われるほど、大仰なことではない」

琥珀は微笑んでそうとだけ言うと、居間へと戻って行った。

それを見送り、客間に戻った涼聖は琥珀からのお守りを千歳へと渡した。

「琥珀から……、三本半の尻尾の狐の神様からおまえにって。これを持ってると、さっきみたいにみんなと一緒にいる時でも気持ち悪くならなくてすむお守りだってさ」

千歳は差し出されたそれをこわごわという様子だが素直に受け取った。

「……ありがとう…」

「できたら、本人に言ってやってくれ」

涼聖はそう言いながら千歳の頭を撫でた。

「で、あと一時間もしたら夕飯の時間だけど、どうする？　居間でみんなと食べられる？　それが難しいならここに運ぶよ」

ついでに問うと、千歳は少し間を置いたあと、

「今日は、このおへやで食べたい……」

控え目に呟いた。

「分かった。じゃあ、それまでゆっくりしてて」

涼聖は笑顔で言うと客間をあとにした。

居間に戻ると、龍神は金魚鉢に入っていたが、琥珀、陽、シロはそこにいて、夕食の支度をしていた伽羅は涼聖が居間に戻った気配に、台所から戻ってきた。

「りょうせいさん、ちとせちゃんおきた？　だいじょうぶ？」

心配そうに陽が真っ先に聞く。

「ああ、ちょっと寝て、落ち着いた。けど、やっぱりすぐにみんなと一緒にっていうのは気分的に無理みたいだ。……もともと、ちょっと人見知りなところもあるから」

「ひとみしり？　なに？」

初めて聞く言葉に陽はきょとんとする。

「恥ずかしがり屋さんだったりして、初めて会う人とすぐに仲良くするのが難しい人がいるんですよー」

伽羅が平たく説明すると、陽は理解した様子を見せる。

「それで今日の夕飯は客間で食うって」

「分かりました。あと三十分くらいでできあがります」

伽羅はそう言うと立ち上がり、夕食の準備に再び台所へ戻る。

琥珀とシロは、別に食事を取ると聞いても無理もないと納得していたが、陽はあからさまに残念な顔をしていた。

「今日は来たばっかりで疲れてるっていうのもあるから、ちょっと一人でゆっくりしたいんだと思う。……しばらくはこの家にいるし、ちょっとずつ仲良くしてやってくれないか？」

涼聖が言うと、「仲良く」してもいい、というのが嬉しかったのか、うん、と笑顔で頷いた。

夕食の準備は伽羅の言葉通り三十分ほどで整った。涼聖は、琥珀が「幼い子供一人で食事も味気ないだろう」と助言したこともあり、自分と千歳の分を客間に運んだ。

布団を簡単にたたんで折りたたみのテーブルを出し、そこに料理をならべて食べ始める。

いくらか食べ進めた時、

「ごはん、涼おじさんが作ったの？」

千歳が聞いてきた。

「いや、このひじきの炊き合わせとシイタケの煮物は集落のおばあちゃんからおすそわけしてもらったもので、この魚の煮つけと、味噌汁と、白和えは伽羅が作った。あの尻尾が多いほうの大人の狐さんだ」

涼聖の説明に千歳は目を丸くする。

「きつねさん、お料理するの？」

半信半疑といった様子の千歳に、

「するぞー、あいつはすごいぞ。ピザ作らせても職人レベルだし、シロの部屋の家具もあいつが作ってるし」

涼聖が答えると、千歳は少し首を傾げた。

「シロ……？」

「あー、龍神が連れてきた小人みたいなの、覚えてるか？」

「うん……、このくらいのおおきさの……」

千歳は言いながら手でサイズを示す。

「そう、それくらいの小さいの。あいつは、座敷童子っぽい感じで、俺や千歳の御先祖様だ」

「ごせんぞさま……」

「ああ。陽の部屋のカラーボックスにシロの部屋があるんだ。陽っていうのは、小さい狐だ」

一通りの説明を聞いたあと、千歳は呟くように言った。

「涼おじさんは、すごいね」

「すごいって、何がだ？」

分からなくて問い返す涼聖に、

「だって、ふしぎな人たちがいっしょなのに、ぜんぜんおどろいたり、こわかったりしなかったみたい」

千歳はどこか自分と重ねているのか、自己嫌悪気味な表情と声で言った。

そんな千歳に涼聖は頭を横に振った。

「いや、最初はめちゃくちゃびっくりしたぞ。だって、あり得ないだろ？　目の前でいきなり人間の子供が子狐になったりなんて。けど、難しいことを考える余裕が全然ない勢いで本当にいろいろあって、成り行きに任せてたら今みたいになったたって感じだな」

そう言って笑ったあと、涼聖はまっすぐに千歳を見た。

「あいつらは悪い奴らじゃない。っていうか、むしろいい奴らっていうか……少なくともおまえに害になることは絶対にしないから、怖がらなくていい。千歳には耳とか尻尾とか視えちまって、そう思えないかもしれないけど、普通にしてればいいから」

涼聖の言葉に、千歳はうん、と頷いてみせたが、表情にはまだまだ不安の色が濃かった。

しかし、これ以上は何かを言うより、千歳自身が琥珀たちと関わっていく中で払拭していくしかない問題だ。

涼聖はそれ以上、このことについては触れず、千歳の家族のことを話題にして過ごした。

3

翌朝、涼聖が目を覚ました時、千歳はまだ眠っていた。

昨夜は、いろいろとあったその日に一人で客間に眠らせるのはよくないと判断して、涼聖も客間に布団を敷いて千歳と並んで眠った。

聞きたいことなどは食事の時に大体聞いてしまっていたので、眠るまでの間、話題にできるようなことがあるかなと少し悩んだが、千歳は布団に入るとほどなく寝入ってくれた。

来てすぐにも少し眠っていたが、よほど疲れていたらしい。

朝も、眠っているのならと起こさないようにして客間を出て、一旦自室に戻り、身支度を整えたあと、朝食の準備に台所に向かった。

途中で伽羅がやってきて、準備を手伝ってくれ、すべてが整ってから客間に戻ると、千歳は少し前に起きていたらしく、着替えをすませて、ちょこんと所在なげに座っていた。

「おはよう、起きてたんだな」

「おはようございます」

礼儀正しく、千歳は返してくる。

「俺の布団、たたんでくれたんだ。ありがとうな」

千歳を起こさないように自分が眠っていた布団はそのままにしていたのだが、千歳は自分の分も合わせて簡単にだが、たたんでくれていた。

「……ついで、だから」

「それでも、助かった。顔は洗ったか？」

問う涼聖に千歳は頭を横に振る。

「じゃあ、顔を洗って歯磨きしようか。あと、朝飯どうする？　できたら、居間でみんなと食ってほしいけど、無理ならまた客間へ運ぶ」

さりげなく涼聖が要望を伝えると、千歳は少し間を置いてから「みんなと、食べます」と返してきた。

その返事に、とりあえず多少は交流を持とうとしてくれているのを感じて安堵しつつ、涼聖は洗面所へと千歳を案内する。

そして、洗面と歯磨きが終わるのを待って、千歳と一緒に居間に向かった。

居間の戸を開くと、琥珀、陽、シロ、伽羅が定位置について涼聖と千歳が来るのを待ってくれていた。

「あ、千歳くん、おはようございます」

まず最初ににこやかに挨拶をしたのはコミュニケーション能力の高い伽羅だ。

「おはようございます……」

戸惑いながらも千歳は返す。

「ちとせちゃん、おはようございます」

「ちとせどの、おはようございます」

陽とシロも元気よく挨拶してくる。その元気よさにやや押され気味な様子を見せながらも、千歳は挨拶を返した。

「席は、涼聖殿の隣がいいかと思って、ここを準備したんですけど、いいですかー？」

伽羅はそう言って千歳の席を指し示す。そこは涼聖と琥珀の間の席だ。

「ちなみに、こっちだと俺と涼聖殿の間になります。涼聖殿の隣じゃなくていいなら、好きなところを選んでくださいねー」

「……ここで、いいです。ありがとうございます」

伽羅の気遣いに礼を言い、千歳は用意された席に腰を下ろす。

「じゃあ、飯にするか」

涼聖も言いながら座り、朝食が始まった。

「ちとせちゃん、あのね、たまごやきがすごくおいしいよ！」

陽がいつものごとく、卵焼きアピールに入る。

「りょうせいどののがおつくりになるのですが、とてもおいしいのです」

シロも同じくアピールする。

「じゃあ…いただきます」

千歳は皿から一切れ、卵焼きを自分の小皿に取り分け、一口分切り分けてから口に運ぶ。そして二度ほど噛んでから、

「……すごくおいしい…」

控え目ながらも驚いたような顔で言い、それに陽とシロはまるで自分が作ったものが褒められたような様子で「やったー」と喜び合う。

「涼おじさん、おりょうりもできるの？」

「できるってほどじゃない。伽羅のほうがよっぽどいろいろ作れるけど、卵焼きだけはみんな褒めてくれるな」

涼聖が言うと、

「りょうせいさんは、ホットケーキもじょうずなの！」

陽がさらにアピールしてくる。

「やきかたのあんばいが、とてもよいのです」

シロも頷きつつ、付け足す。

「そうなんだ……」

「なんかハードル、ガン上がりしてるけど、千歳がいる間に一回くらいは作るか」

涼聖の言葉に陽とシロがやったーと盛り上がる。

千歳は、ただ頷いて——それでも少し嬉しそうな様子だったが——食事を続ける。

そんな千歳の様子を、隣に座した琥珀は優しく見守り、伽羅はうるさくない程度に甲斐甲斐しく世話を焼く。

千歳の食が細いのは昨日の夕食時に分かっていたので、ご飯の量などは加減したのだが、それでも少し多かったらしく、小鉢のおひたしと、塩じゃけが半分ほど残った。

「無理して食わなくていいぞ。俺が食うから」

涼聖が言うと、千歳は「ごめんなさい」と残したことへの罪悪感からか謝ってきた。

「謝らなくて大丈夫ですよー。じゃあ、涼聖殿おひたしどうぞ。俺、塩じゃけもらいます」

伽羅が言いながら、千歳の塩じゃけの皿に手を伸ばす。その手を涼聖は、

「ていっ」

言葉とともに人差し指と中指の二本でしっぺする。

「塩じゃけは俺だって狙ってんだよ。ジャンケンだ、ジャンケン」

「じゃあ、三回勝負です。最初はグーで」

涼聖と伽羅がささやかな争いをして、結局伽羅が勝ち、塩じゃけは伽羅のものになり、涼聖はおひたしを食べる。

こうしてすべての料理が綺麗になくなったところで、みんなでごちそうさまの挨拶をして、後片づけが始まる。

涼聖と伽羅がちゃぶ台の上の皿を手際よく片づけていくのを見ていた千歳は、

「何か、おてつだい……」

と、涼聖に窺うように声をかけた。

「うーん、そうだな……今日は休みだし、俺と伽羅で片づけちまうから、明日から頼もうかな」

「……じゃあ、お部屋にもどってる…。いい？」

「ああ」

涼聖が返事をすると、千歳は一度立ち上がりかけたが、不意に何かを思い出した様子で座り直し、琥珀を見た。

「あの……」

声をかけてきた千歳に琥珀は優しげな眼差しを向ける。

「いかがした？」

「きのう、おまもり、ありがとうございました……」

ぺこりと頭を下げて礼を言う千歳に琥珀はただ優しく頷いた。

「そのように改まって礼を言ってもらえるほどのことはしておらぬが、役立っているようなら、何よりだ。……昨夜はよく眠れたか？」

「はい」

「それは何より」

そう返した琥珀に、千歳はどう返事をしていいのか分からず、もう一度頭を下げてから立ち上がり、客間へと戻った。

「……ちとせちゃん、ボクとなかよくしてくれるかなぁ……」

陽はやや不安げな様子で呟く。

「仲良くはなれると思うけど、もうちょっとだけ、待ってやってくれないか？　千歳はもともとちょっと人見知りなところあるし、まだ昨日来たばかりだからな」

涼聖が言うと、陽は納得したのか頷いて、ちゃぶ台の上で同じく思案げな顔をしていたシロに、

「もし、いっしょにあそべたら、なにしてあそぶかきめよ？」

と、声をかけて、二人で前向きな相談を始めた。

涼聖は台所で伽羅と洗い物を始めたが、半分ほど進んだところで、

「涼聖殿、千歳くんが気になるんでしょう？　行って来てあげたらどうですかー？」

伽羅がそう言ってくれたので、あとを任せて涼聖は客間に向かった。

客間に入ると、千歳は家から持ってきたらしい子供向けの文庫を読んでいるところだった。

「何読んでるんだ？」

「……小公子（しょうこうし）」

「なんか文学青年って感じだな」

言いながらページを覗きこむと、思った以上に漢字が多く、おそらくは高学年向けだと思しき

ものだった。

「これ、二年生が読む感じじゃなさげだけど……こんな難しいの読んでんのか?」

驚きつつ問う涼聖に、千歳は頷いた。

「むずかしい漢字がときどきあるけど、しらべたら読み方はわかるし……」

そう言って、カバンから電子辞書を取り出した。

「おお、すごいな」

「この前のクリスマスにもらったの」

千歳の言葉に涼聖は少し笑みを浮かべた。

「サンタさんからか?」

問う涼聖の言葉に、千歳は頭を横に振った。

「お父さんとお母さんから。……サンタさんは、ウソって、もう知ってる。……いても、ぼくはいい子じゃないから、来てくれないよ」

それは自嘲めいているわけでも、悲しんでいるのでもなく、淡々とした言葉だった。

だが、その淡々とした様子が、逆に千歳が抱えている負の感情の重さを感じさせる気がした。

「千歳がいい子じゃないなんて、あり得ないぞ? 本当にサンタさんがいたら、間違いなく千歳の枕元にはプレゼントがテンコ盛りだ」

涼聖は笑って言いながら千歳の頭を撫でたあと、

「ただな、もし、陽とサンタの話をすることがあったら、サンタは存在するって前提で話に付き合ってやってくれ」

真面目な顔で続けた。

「え？」

明らかに千歳は困惑した顔を見せた。

「陽はサンタを信じてる。集落のみんなも、陽のためにサンタがいる方向で話を合わせてくれてるから……」

涼聖の言葉に千歳は、

「きつねさんが、サンタさんを信じてるの……？」

困惑した表情のまま、確認してきた。

「陽はまだ子供だからな……頼む」

両手を合わせ、頼んでくる涼聖に、千歳は頷いた。

千歳とて、二人の弟妹の兄だ。自分は真実を知ってしまったとはいえ、幼い彼らの夢を壊そうとは思わない。

「いろいろ悪いな。で、その陽が千歳と遊びたいって言ってるんだけど、陽と遊ぶの、無理か？」

流れに任せて涼聖は聞いてみた。

千歳は少し考えるような顔をしたあと、

「涼おじさんもいっしょなら、だいじょうぶ……と思う」

おそらくは涼聖に気を遣ったのだろうなと思える様子で返事をした。

乗り気でないのは分かったが、一度は交流をさせてみないと千歳がこれまでの経験で必要以上に怖がっているだけということもあるので、そのまま涼聖は千歳を居間へと誘いだした。

居間では琥珀が本宮から借りている巻物の文献に目を通していて、伽羅は料理雑誌を開いていた。

「陽は？」

「シロ殿と部屋に」

涼聖の問いに琥珀が言い、陽の部屋の襖戸に視線を向ける。

涼聖は居間を横切り、襖戸を開いた。

陽はシロと一緒に宝物の箱を開けて、何やら楽しげに品評会をしている様子だ。

「陽、シロ、一緒に遊ばないか？」

涼聖の言葉に陽とシロは満面の笑みを浮かべた。

「あそぶ！」

「なにをしてあそびますか？」

わくわくした様子で聞いてくる二人に、

「千歳も一緒だから、家の中でできる遊びにしよう。トランプとかボードゲームとか」

涼聖が提案すると、

「ちとせちゃんもいっしょにあそべるの？　やった！」

陽は両手を上げて喜んだあと、シロに指先を出して、ハイタッチをする。

「では、トランプにしましょう。いろいろとあそべますから」

シロの提案でトランプを手に陽とシロは居間に出てくる。

話を聞いていた伽羅が、ちゃぶ台を片づけ、人数分の座布団を円になるようにならべていて、遊ぶ準備は整えられていた。

「座り順は途中でシャッフルするとして、とりあえず、好きなとこに座りましょうか」

伽羅はにこやかに言って、琥珀の隣にさらっと座ろうとするのを、涼聖は後ろから羽交い締めにした。

「おいおい、何をさらっとおまえは琥珀の隣に行こうとしてんだよ」

「いいじゃないですか、たまには！」

「俺の目が黒いうちは許さねぇ」

「じゃあ、今すぐカラコン入れてください！　青でも緑でも好きな色！」

二人のやりとりに戸惑う千歳に、

「ちとせどの、こはくどののとなりにおすわりください。われとはるどのは、はんたいどなりにすわります」

シロがさらりと言って、伽羅の野望を打ち砕いたところで、涼聖は伽羅を解放した。

「さあ、何から始める？」

何事もなかったように言いながら、涼聖は千歳の隣に座し、伽羅は必然的に涼聖と陽の間に座ることになった。

「ばばぬき！　ちとせちゃん、ばばぬきでいい？」

陽が聞くと、千歳は頷いた。

そして始まったババ抜きは、相変わらず涼聖と伽羅が負けのツートップだった。

五度対戦して、そのすべてが涼聖と伽羅のどちらかが最下位で、

「そなたたち二人は本当にババに好かれているな。毎回毎回、感心する」

その二人が最後の一枚を巡って戦うという、本日だけで既に三度目、そしてそれ以前の対決を含めればもう何度目か分からない見慣れた光景に琥珀は多少呆れた様子で言う。

「きっと、ぜんせからのふかいえにしなのでしょう」

シロがうんうんと納得しながらうそぶくのに、千歳はクスッと笑った。

最初の二回ほどは緊張していた千歳だが、二度ごとに席をシャッフルするうち、誰の隣になっても何も起こらない――気持ちが悪くなったり、何か嫌な気配があったりしない――というのが分かり、慣れたようだ。

「トランプのババと深い縁(えにし)って、俺の前世一体何なんだよ？」

「トランプ会社の社長か何かじゃないですか？」

「じゃあおまえはトランプの販売でもやってたのか？」

「この美貌を生かして営業してました」

涼聖と伽羅は互いに言いながら連続して引きあうが、ババが行ったり来たりを繰り返しているだけで勝負がつかない。

それからさらに三度の応酬を経て、最終的に伽羅の負けで決着がついた。

「そろそろ他のにしないか？　ババ抜きは俺と伽羅が弱すぎる」

涼聖のその言葉で次のゲームをすることになり、始まったのは七並べだ。

それを何度か――これは順位が毎回入れ違った――遊んだところで、

「さて、そろそろお昼ご飯の準備をしないと。お昼ご飯に何食べたいですかー？」

時計を見た伽羅がその場の全員にお伺いを立てる。

「ボク、オムライス！」

真っ先に反応したのは陽だ。そしてすかさず金魚鉢から、

「我はピザを所望する」

と、龍神がリクエストする。

龍神の存在を少し忘れていたというか、トランプをしている間、ずっと静かだった――おそらく眠っていた――ので、突然の龍神の声に驚いた千歳は金魚鉢を見た。

金魚鉢の中の龍神はタツノオトシゴの姿で、眠っている時と違いはあまり分からないのだが、しゃべったからだろうか、口の近くに小さな泡がついていて、妙に可愛く思えた。

しかし、龍神のリクエストに対し、

「ピザは生地の準備が間に合わないので却下です」

伽羅は平然と返しつつ、

「千歳くんは何か好きなものありますかー？」

千歳に優しく笑みながら問う。

「……えっと…、なんでも、いいです…」

千歳は戸惑いながら、返す。

そんな返事になってしまうのは、染乃の助言とはいえ、我儘を言って押しかけてきたという自覚もあるので、ここでリクエストをするのはずうずうしいような気がしたし、「神様」と気軽に話したりしていいのかという戸惑いもあった。それ以外にも言葉にできないがいろいろと複雑な感情もあるからだ。

そんな千歳の心のうちを感じ取ったのか、

「ちとせどの、たべたいものができたら、きゃらどのにいっておくとよいです。じゅんびにじかんのかかるものは、ごじつになりますが、たいていのものはつくってくれますから」

シロは千歳に言ったあと、伽羅を見て、

「われは、こんやカレーがたべたいです」

きっちりとリクエストを付け足す。

「じゃあ、お昼ご飯はオムライスで、夜はカレーってことでいいですか？」

陽とシロのリクエストから伽羅が決を採り、全員が頷いた。

「じゃあ、俺、お昼ご飯の準備に入るんで離脱しますねー」

伽羅はそう言って台所へと向かう。

それを頃合いと見計らったのか、

「千歳、昼飯までの時間、陽にツリーハウスを見せてもらったらどうだ？　陽のツリーハウスはすごいぞ」

と水を向けた。

陽の返事は当然、

「うん！　あのね、ささきのおじいちゃんたちが、いっしょうけんめいつくってくれてね、すごいの！」

で、にこにこして千歳にプレゼンを始める。

「うらやましいくらいの別荘だぞ。行こう」

涼聖はそう言うと立ち上がり、やや強引にだが千歳を伴い、陽、シロとともにツリーハウスに向かった。

陽のツリーハウスのことは、涼聖が以前アップしていた動画で知っていた。だが裏庭の本物のツリーハウスを初めて見た千歳は、思った以上に高い場所にあることと、その大きさに驚いた。

「……すごい…」

ぽかんと口を開けて見上げた千歳に、

「だろう?」

涼聖は同意しながら、手で先に千歳に階段を上がるよう指示する。

しっかりとした作りの階段を上り、ツリーハウスの入口に千歳が到達すると、

「ちとせちゃん、いらっしゃいませ」

先にツリーハウスに入っていた陽が笑顔で出迎える。

ツリーハウスの中も、収納を兼ねたベンチや、机、本棚があり、透かし彫りの彫刻が入った灯り取りの窓の内扉など、どれも手がこんだ作りのものだった。

「ちとせどの、こちらにおすわりください」

入口から中を窺ったまま立ちつくす千歳にシロが声をかける。その声に千歳は、おじゃまします、と声をかけて、陽がしているように入口で靴を脱いで中に入った。

涼聖も続いて中に入り、涼聖は座布団を敷いてそのまま床に座し、陽と千歳は並んでベンチに、シロは机の上で小さな座布団——畳がへこまないように重い机の脚の下に敷くために販売されているもの——の上にちょこんと座った。

「りょうせいさん、これ、よんで」

陽がそう言って本棚から取った本を涼聖へと差し出す。

絵本ではなく、子供向けの文庫で、陽が普段読むには漢字が多い。それは佐々木の息子の光太郎がかつて読んでいたもので、佐々木が陽にと譲ってくれたのだ。

だが、陽はそれらの本を家にもらっては来ず、佐々木の家に行くたびに違う本を借りて持ってきたり、また同じ本を借りてきたりしている。

本を借りに行くことで、佐々木や、弟子の孝太にも会えるからだ。

もっとも、何の用事もなくても、ただ会いに行くこともあるので、本を借りることを口実にしているわけでもないのだが、なんとなく佐々木の家に置いてあるほうがいい、ということなのだろう。

借りてきては、琥珀や伽羅、時には龍神に、朝、診療所に行くまでのちょっとした時間などに読んでもらっている。

夜寝る前に読まないのは、続きが気になって眠れなくなるからだ。

「ガリバー旅行記、か。新しいのを借りてきたんだな」

「お部屋には、ロビン・フッドがあるの。これは、そっちを読んでもらったら読んでもらうの」

にこにこしながら陽は言う。

涼聖はページを開いて読み始めた。

とはいえ、最後まで読むと長い。そのため、キリのいいところまで読んだところで、

「あとは今度な。俺、伽羅を手伝って昼飯の準備してくる。できたら呼びに来るから」

涼聖はそう言うと、ツリーハウスをあとにした。

そうなると、中には陽、シロ、そして千歳の三人だけになり、途端に手持ち無沙汰というか、することがなくなった。

陽は千歳のことをいろいろ知りたいのだが、何から聞いていいかも分からないし、狐である自分のことを千歳がどう思っているのかもまだよく分からないので、少し考えてから、本棚の下にある引き出しから小さな箱を取り出した。

その中には折り紙がしまってある。買ってもらったものもあるし、集落のおばあちゃんたちからもらった年代物、綺麗な包装紙を正方形に切ってもらったものなど、いろいろだ。

「ちとせちゃん、おりがみしよ?」

陽はそう言って、一枚取り出すと千歳に渡す。

「よいですね、われもおります」

戸惑う千歳を促すようにシロが言い、陽はシロにも一枚、小さめのものを渡した。そうでないと、シロの小さな体では普通のサイズのものを渡すと大変なのだ。

千歳は陽とシロが折り始めたのをしばらく見てから、渡された折り紙を折り始めた。

集落のおじいちゃんやおばあちゃんに教えてもらった風船や、ヤッコ、袴などを折りあげてか

ら千歳を見ると、千歳は見たことのないものを折っていた。

シロはもう少し早くからそれに気づいていたのか、折る手がすっかり止まって見入っている。

二人の視線に気づかず、夢中に折っていた千歳が完成させたそれは、二羽の鶴が片方の羽の先でつながっているというものだった。

「ちとせちゃん、すごい！」

「すごいです……、いちまいのおりがみで、このようなものがおれるのですか……」

陽とシロは折り紙と千歳を交互に見ながら絶賛する。

「……にゅういんしてたり、おうちでねてなきゃいけなかったりして……折り紙くらいしか、できることなかったから、それで……」

それに加えて、不登校気味な千歳の趣味は完全にインドアに傾いていて、折り紙はそのうちの一つだ。

「ちとせどのは、おりがみのてんさいなのですね……」

「おおげさ、だと思う」

シロに言われて、千歳は返すが、シロと陽の眼差しは完全に尊敬しきったものになっていた。

「ちとせちゃん、ほかにもなにかおって！」

陽はそう言うと折り紙の束をそのまま千歳に渡した。

「何か……？」

「うん、なんでもいいから」

陽はわくわくした顔で言い、シロもうんうん、と頷く。

その二人に戸惑いつつも、千歳は渡された折り紙の束の中から茶色を二枚取り出すと、再び折り始めた。

少しして千歳が折り上げたのは、

「いぬだ！」

陽の言葉通り、犬だった。

「シェパードっていう犬」

千歳が説明を付け加える。

「りっぱなばんけんになりそうです……」

きちんと四つの足で立つ姿を見ながらシロが感心したように呟く。

「ほかにも、おれる？」

陽はさらに次のものをリクエストしてきて、千歳は、

「じゃあ、ちがう犬を折るね」

と、今度は薄茶色の紙を取り出し折り始めた。

こうして千歳がせがまれるままに折り紙をする間に昼食の準備ができ上がり、

「陽ちゃん、シロちゃん、千歳くん、お昼ご飯ですよー」

裏庭に面した縁側から伽羅がツリーハウスの三人に昼食ができたと声をかける。

その声にすぐ三人はツリーハウスを出て、居間へと戻ってきた。

居間には金魚鉢から出てきていた龍神、そして琥珀が座していた。涼聖と伽羅は台所で、陽たちにできたてを食べさせるためにオムライス作製中のようだ。

「こはくさま、りゅうじんさま、みて！」

縁側から居間に上がってきた陽は、手にした折り紙をちゃぶ台の上に置いて披露する。

「これは……変わった鶴だな」

「こっちは犬か」

琥珀と龍神は置かれた折り紙をマジマジと見つめる。

「すごいでしょ！　ちとせちゃんがおってくれたんだよ！」

まるで自分が折ったかのように誇らしげに言った陽は、ねー、と千歳を見上げる。

「陽ではないと思ったが、千歳殿が……。とても器用な手をお持ちなのだな」

琥珀が感心した様子で言うのに、龍神は二羽がつながった鶴を手に取り、

「なんだ、糊かなにかでつないであるのかと思ったが違うのか」

驚いた顔をした。それに琥珀も驚いた様子で、

「もしや一枚の紙で、これを？」

龍神が手に載せた鶴をじっと見てから、千歳に視線をやった。

千歳が頷いた時、できたてのオムライスを涼聖と伽羅が一つずつ持ってきて、

「りょうせいさんもきゃらさんも、みて！　ちとせちゃんがおってくれたの！」

再度披露する。

「へぇ、すごいですね……。この犬、尻尾巻いてますねー。日本犬ですか？」

伽羅はオムライスを千歳の前に置きながら言う。

「それは、秋田犬です。こっちがシェパードで……二つとも二枚ずつ使って折ってます」

千歳が説明するのに続いて、

「この鶴は一枚の紙でできているらしいぞ」

なぜか龍神はドヤ顔をして言った。

「え、一枚？　千歳、おまえ器用なんだな……」

涼聖が驚いた顔をした。

「……折り方、覚えたら……べつに」

「いやいや、器用ですよー！　あ、冷めないうちに食べてください。龍神殿と琥珀殿の分もすぐ作ってきますから」

伽羅は陽と千歳に先に食べ始めるように勧めると、台所に戻っていく。できたてを食べてもらいたいので、できた順に食べてもらうというのが香坂家のオムライスの時のルールなのだ。

伽羅に言われたので、陽は早速いただきまーすと元気に言ってオムライスを食べ始める。

シロも慣れた様子で、自分専用の小さなスプーンで陽の皿のオムライスを横からすくう。

それを少し見やってから、千歳も手を合わせていただきます、と言ってから食べ始める。

オムライスは順次でき上がり、最後に涼聖と伽羅が自分たちの分を持ってちゃぶ台についた。

「それにしても器用だなぁ……」

涼聖は食べながら、ちゃぶ台の上に鎮座している鶴と二匹の犬の折り紙を見て、再度感心したように言う。

「まるで、まほうみたいにつくっちゃうんだよ！」

「できあがるまでを、なんどでもみていたくなるほど、みごとでした」

陽とシロは感動が繰り返されたように再び言うが、千歳は褒められすぎで、どこか居心地が悪そうな顔をした。

「伽羅も、大概器用だけどな」

涼聖はそう言って伽羅を見る。

「まあ、否定はしませんけど。デキる七尾の稲荷なんで」

伽羅は褒められたのを素直に受け入れた挙げ句、更に自分で評価を増してきた。その様子に、

「千歳みたいに褒められて恥じらう、みたいな可愛げはねぇのかよ」

涼聖は多少呆れて言う。それに対して、

「それは褒めてくれる相手によりますねー。琥珀殿に褒められたらめちゃくちゃ謙遜（けんそん）して、これ

からもっと精進します、くらい言いますよー」

返ってきた伽羅の言葉は、相変わらずの下僕体質満開なものだった。

その言葉に琥珀は少し困ったように微笑んだあと、

「千歳殿。伽羅殿も細工物をするのが好きで、いろいろと作っている。もし、興味がおありなら、あとで見せてもらうといい」

千歳にそう声をかけた。

「ああ、そうだな。昨日も言ったけど、シロの部屋とかすごいぞ」

と、涼聖も言い、昼食後に千歳はシロの部屋を見せてもらうことになった。

「ここが、われのしろです」

陽の部屋にあるカラーボックスの一段の前で、シロが誇らしげに言う。

そこは、シロが誇らしくなるのも当然と思える場所だった。

壁は高級感のあるダマスク模様で、それに合わせてソファーやチェストなどの調度類は猫足、ベッドは天蓋付きだ。

床は厚めのフェルトが敷かれているが、部屋の中央部分には、虎の毛皮ならぬ虎柄のフェイクファーが、それらしい形にカットされて置かれていた。

その一角に、大好きなアニメの登場人物のシールが立て看板状態で置いてあるのは御愛嬌だろう。

「すごい……」

　感嘆する千歳に、

「いまはまだふゆのしつらえなのですが、もうすこしあたたかくなったら、かぐなどもいれかえるのです」

　シロが説明する。

「夏はアジアンテイストでしたよねー。ちょっとバリっぽい感じっていうか」

　伽羅は言いながら携帯電話を操作して、そこに収めてあった写真を千歳に見せる。

「これがその時の写真です」

　画面に映っていたのは、バリのリゾートホテルのような一室で、壁は全面が簾のようなもので覆われており、偽窓のむこうには海とヤシの木の写真が貼られている。

　家具もアジアンテイストなものになっており、シロサイズのハンモックも置いてあった。

「これ……まほうで作るんですか…？」

　おそるおそる問う千歳に、

「全部手作りですよー」

　伽羅は明るく答えた。

「手作り……。すごい…」

「きゃらさんも、ほんとうにすごいの。おかずをつくるのも、おかしをつくるのもじょうずなの」

伽羅のすごさを陽は付け足す。

「まほうでは、作れないんですか？」

純粋な疑問として、千歳は問う。

「いえ、術でも作れますよー。それこそ一瞬で。でも、手で作るってことにハマってるんですよねー。かといって、人が使うサイズのものって大変なんですよ。でも、シロちゃんの部屋の家具とかだと材料を切ったりするのも楽ですし、丁度いいんです。このベッドも、基本的な土台は厚紙を二枚張り合わせたものを使ってるんですよ。シロちゃんの体の重さなら、それくらいで充分ですから」

「あつがみ……」

「あと、壁も厚紙使ってます。シロちゃんの好きな模様の包装紙とか千代紙とか、布とか、そういうの貼り付けて、カラーボックスにはがせるタイプの両面テープで取り付けてあるんです」

伽羅は説明しながら、シロの部屋の家具を少し避けて、壁紙をはがして見せる。

「本当だ……」

「交換が簡単だから、いろいろ遊べるんですよ」

「われも、いろいろとたのしめます。いまは、いこくのおうさまになったきぶんです」

シロの言葉に、

「こんど、モンスーンでいっぱいのおへやにするんだよね」

陽が笑顔で告げる。

大好きなアニメキャラクターがプリントされた布を伽羅が買ってきたので、シロの部屋の壁を一面その布で飾り、他にも布団カバーとクッションを作るらしい。

もちろん、それだけ作ってもまだ布は残るので、それで陽の小物を何か作ってもらえないか、集落の元和裁士である西岡に相談しているところである。

「ちとせどのは、モンスーンをごぞんじですか？」

シロの問いに、千歳は頷く。

「うん。小さいころから、ずっと見てるよ。今は、いもうとと、おとうともいっしょに見てる」

千歳の返事に陽とシロの顔が、同志を見つけたかのように慕わしいものになる。

「モンスーンおもしろいよね！　ここのおうちにはテレビがないからみられないけど、りょうせいさんがディー…えっと…」

「DVDですよ、陽ちゃん」

言葉に詰まった陽に、そっと伽羅が教える。

「うん、それをかってきてくれるの。いまね、ジュヒョーンがシクローンと、ていさつにいったところなの」

「ジュヒョーンはとてもかわいらしいです」

陽とシロが最近見た話の感想を語り始め、千歳にとってはわりと前の放送回になるが、知っているので会話が順調につながっていく。

それを見て、伽羅は「おやつの準備をしてきますね」と声をかけてそっと部屋をあとにする。

残った三人はモンスーンの話をいろいろとして、楽しんでいた。

「うちの連中とは、仲良くできそうか？」

その夜、昨夜に引き続き客間で涼聖と布団を並べた千歳は、布団に入ってしばらくしてからそう聞かれた。

「……うん」

陽とシロとはおやつを食べるまでモンスーンの話をいろいろしていた。おやつを食べたあとは少し疲れてしまったので客間に戻ってきたが、夕食で顔を合わせた時には、誰もそのことを聞いてきたりはしなかったので、ほっとした。

「ここのいえの人たちは……人じゃないけど、こわくないから」

そう返してきた千歳に、

「それなら、しばらくここにいるか？」

涼聖は問う。

いろいろなものが視えてしまう千歳にとっては、キツい状況になるかもしれないと心配だった。

実際、おやつのあとは客間に戻ってしまったのでどうかと思っていたのだが、問題はなさそうで、

「うん……。よろしく、おねがいします」

千歳は礼儀正しく返してきて、涼聖は布団の中から片方の手を出すと、千歳の頭を少し乱暴にガシガシと撫でた。

「おう、任せとけ」

涼聖は言いながら、何を思って染乃がここに来るように千歳に助言したのかが分からないが、この小さい甥っ子のために何かしてやれたらいいな、と思った。

4

翌日は月曜で、診療所のある日だ。

朝食後、千歳に診療所についてくるか、それとも家にいるか聞いたところ、家庭教師から宿題を出されているので、それをするために家にいることを選んだ。

家でも、学校で授業をしている時間は家庭教師が組んだカリキュラムをもとにちゃんと勉強をしているらしい。

——勉強をちゃんとやってるから不登校っつっても、史兄もそんな心配してねぇのか？

学校には普通に何もない時は「行く」ものだと、教えられたわけではないがそう思って涼聖は育ってきたし、二人の兄もそうだ。

無論、千歳は体が弱い、という事実がある。

体調に波があるのは充分考えられるし、千歳に関しては無理をして行かせることはない、休むことで勉強に遅れが出るようなら家庭学習で補う、と割り切っているのかもしれない。

実際、千歳は勉強は真面目にしている様子で、家庭教師から出されているという宿題をちらりと見せてもらったが、もう既に三年生で習う内容を半分近くまで学んでいる様子だ。

もちろん学校で学ぶことは勉強だけではないのだが、休みがちで勉強も遅れがちという状況ではないのは、いいことだろう。

――学校に行けない理由、絶対「視え」ちまうからっていうの、あるんだろうな……。

そんなことを考えながら涼聖は午前中の診療を終え、奥の部屋で昼食を取っていると、倉橋がやってきた。

「先輩、今日は休みなんですか？」

街の総合病院の救命救急に勤務している倉橋はシフト制で、涼聖のように定休日がない。もちろん、涼聖とて、急患が出れば休みなど吹っ飛ぶのだが、その週によって休みの日も時間帯も違う倉橋に比べれば、日々の予定が立てやすい。

もっとも、以前は涼聖も同じような勤務体制で働いていたわけだが。

「ああ。何もなければ明日の朝まで休みだ」

「珍しいですね、そんなに長い時間休みが取れるなんて」

「その代わり先週と先々週は代打で出てるからな。その先生方とシフトをすり合わせてまとめて休みをもらったんだ」

「いつものことながら、お忙しいのですね」

琥珀の言葉に、

「くらはしせんせい、おつかれさま。おかた、たたく？」

陽が続けて労う言葉をかける。

「それは嬉しいな。でも、陽くんは先にお昼ご飯を食べないと」

倉橋は笑顔で言いながら、軽く場所を空けてどうぞ、と促す涼聖の仕草を受けて腰を下ろした。

「先輩、もうすっかりこっちの病院の先生って感じになってますけど、帰ってこいって言われてないんですか？」

涼聖の問いに倉橋は、

「言われてるよ。こっちに来た翌週から挨拶のように定期的に言われてるな」

何でもないことのようにさらりと言う。

こちらの病院に勤務している倉橋だが、もともとは涼聖も所属していた大学病院の救命救急医で、今は学閥である街の病院に「救命救急体制の抜本的な改革と改善のため」という名目で出向している形になっている。

期間は一応半年ということになっていたのだが、綺麗さっぱり無視している様子だ。

まあ、倉橋らしいといえば倉橋らしい話である。

「ああ、そういえば、今、千歳が家に来てるんですよ」

「千歳くん……、ああ、香坂の甥っ子だな。どうした？　転地療養か？」

涼聖の言葉に、倉橋は少し眉根を寄せて問う。

千歳が救命救急に運び込まれた回数は二桁台だ。そして主に担当をしていたのは涼聖と倉橋で、涼聖がこちらに来て以降は倉橋が診てくれていただろう。

救急なので担当医制ではないが、知っている者が担当したほうが子供にとってはかなりの安心材料になる。早く落ち着かせるためにも、よほどの場合を除いてはそう計らってもらえていた。

「転地療養ってほどのことじゃないです。体のほうは、安定してると思います」

涼聖が返すのに続いて、

「くらはしせんせい、ちとせちゃんのこと、しってるの？」

陽が不思議そうに聞いた。

「ああ。千歳ちゃんはあまり丈夫じゃなくて、俺も診察したことあるんだ」

倉橋が説明すると、陽は納得した顔をした。

「ここには来てないのか？　家で休んでるのかな」

「宿題があるから、家に。伽羅がついていてくれてます」

涼聖の言葉に倉橋は少し間を置くと、

「顔を見に行っても、問題はないか？」

何かを探るような様子で聞いた。

まだ学校が春休みになっていない時期にこちらに来ている、それも一番考えられる「療養のため」ではないということに倉橋が危惧を抱いているのが分かる。

「ええ。先輩がこっちに来てるっていうのはちょっと話したことがあるので、喜ぶと思います」

千歳がこっちに来た詳しい理由は、なんとなくは察している涼聖だが、察している内容――人には見えない幽霊だのなんだのが視えて、精神的に参ってしまったのだろうというのが涼聖の見解だが——を倉橋に伝えるわけにもいかず、そう言うにとどめた。

「そうか。じゃあ、会いに行ってこよう。……陽くんも、一緒に行く？」

声をかけられた陽は、口の中のものをもぐもぐと噛んで飲み込んでから、

「ちとせちゃんとなかよくなるのは、ちょっとずつがいいんだって。だから、りょうせいさんたちと、おうちにかえるときにする」

そう返事をした。

もう充分仲がいいじゃないか、と思うのと同時に、今日、千歳が家に残ると言った時に陽がごねるというか、食い下がらなかったのは、そう考えていたからなのかと納得した。

「ああ、千歳くんは人見知りするところがあったからな。じゃあ、一人で行ってくるよ」

倉橋はそう言うと立ち上がり、診療所をあとにした。

「陽、言われたことちゃんと守って、偉いな」

涼聖が言いながら頭を撫でると、

「あのね、ボク、ちとせちゃんともっとなかよくなりたいの。だから、ちとせちゃんが、びっくりしちゃわないように、ちょっとずつなの」

名案でしょ？　とでも言いたげな陽は本当に可愛くて、それはどうやら琥珀も同じだったらしく、

「人のことを思いやれるのは、いいことだ」

微笑んで陽を褒める。

大好きな琥珀に褒められて、陽は照れたように、けれど嬉しさを隠しもせずに笑う。

その陽は昼食を食べると、

「おそとにいってくるね！」

と元気に出かけて行った。

集落を毎日のように歩きまわっていても、退屈するということがないらしい。なんでも楽しめるのは、数多くある陽の美点の一つでもある。

「俺は往診まで、ちょっと一休みするか」

往診に出かける時刻まであと三十分ほどある。涼聖は食後の茶を飲みながら、琥珀と二人きりで過ごす時間が好きだった。

「琥珀」

「いかがした？」

食べ終えた茶碗などを古い小さな流し台に運び終え、戻ってきたタイミングで声をかけられた琥珀はいつものように返し、再び腰を下ろす。

「琥珀から見て、千歳ってどんな感じだ？」

涼聖が口にしたのは、やはり千歳のことだった。

「どんな感じ、とは？」

「うまくは言えねぇけど……俺と全然違って『物質としてここに存在してないもの』が視えてるんだろ？　そういう奴らに悪さされてるような感じっていうか、平たく言えば祟られてるとか、取り憑かれてるとか、そういう感じ」

それが理由で学校に通えないいんじゃないか、と心配だったのだ。

「少なくとも今は、そういったものは憑いておらぬ。憑いていれば、私や伽羅殿のいるあの家には居心地が悪くて一緒にいることはできなかっただろう」

「ああ、そっか。……ん？　少なくとも今はってことは、前は憑いてたかもってことか？」

琥珀の言葉を思い返し、涼聖は問い返す。

「憑いていた、とまではいかぬが、その痕跡はある」

「それが理由で体に変調をきたしたりってこと、あるのか？」

予定よりも早く生まれたことで、千歳はありきたりな風邪などでも命取りになってしまうようなことがあった。

だが、それが本当に「早く生まれてしまったがゆえ」のことかどうか、疑問に思えたのだ。

「ないとは言えぬが……体調にというよりは、精神的につらいことのほうが多いだろう。本来、見えないはずのものが視える苦労は、人が思うよりも大きい。幼い子供であれば、それは余計に」

病は気から。

精神的に落ちこんでいれば、些細な病でも悪化してしまう。

視えてしまうことを気に病んでしまうことが、もともと体が丈夫ではない千歳に悪循環を生んでしまっているということだろう。

「……どうにか、してやれねぇのか？　そういう、見えなくていいものを視ないですむようにっていうか……」

視えなくなることで落ちこまなくてすむのなら、千歳が生きやすくなるんじゃないかと涼聖は思ったのだが、

「可能か不可能かだけで言うのなら、視えないようにするのは可能だ。しかし、それですむ問題でもない」

琥珀はそう言って、少し間を置くと、

「どのようにするのが一番よいのかは、千歳殿本人でなければ分からぬ。……手助けできることがあれば、私も伽羅殿も助力は惜しまぬつもりだ」

と続け、涼聖を穏やかな眼差しで見た。

涼聖が言葉にせずとも、琥珀が既にいろいろと考えてくれているのが分かる。

「……悪いな」

今はそれ以上の言葉を見つけられなくて、そうとしか言えなかった涼聖に、琥珀はただ優しく微笑んだ。

「あれ、どなたかいらっしゃいましたねー」

その頃、香坂家の居間では千歳と伽羅が昼食を終えるところだった。

今日の昼食は、パスタだった。

何を食べたいですかと言っても「なんでも」としか千歳が返さないことは分かっていたので、伽羅はお伺いを立てる際、

「和食・中華・洋食、この三つならどれがいいですか？」

と選択式にし、千歳が洋食を選んだあとには、

「ご飯系、麺類系ならどっちですか？」

と、さらに二択になった。

千歳が麺類を選んだので、結果パスタになったというわけである。

そして、食べ終える頃、家の前の坂を車が上って来て、その気配に縁側に立った伽羅が様子を見ていると、慣れた様子で車は玄関先の、普段涼聖が車を停めているスペースに入って来た。

その車は見慣れたもので、

「あ、倉橋先生ですねー」

伽羅が出した名前に、千歳は縁側へと視線を向けた。

車のドアが開閉する音が聞こえ、

「伽羅さん、こんにちは」

倉橋の声がした。

「こんにちは、倉橋先生。もしかして小さな王子様に会いにいらっしゃったんですかー？」

おどけて伽羅が返すと、

「ああ。千歳くんが来てるって、香坂から聞いてね」

近づきながら話す倉橋が、ひょいと庭に姿を見せ、そしてちゃぶ台の前にちょこんと座っている千歳を見つめて、微笑みかけた。

「やあ、千歳くん。久しぶりだね。俺のこと、覚えてるかな？」

「……はい。きゅうきゅうびょういんの、くらはし先生」

千歳はそう言うと立ち上がり、縁側まで出てきた。

「倉橋先生、どうぞ座ってください。千歳くんも」

伽羅はさっと座布団を持ってきて、縁側に二つ並べる。

倉橋は先に腰を下ろし、千歳もその隣に座った。

「お昼ご飯は、もういいのかな？」

「食べたところ、です」

千歳が返事をするのに続いて、

「倉橋先生は食べてこられたんですか？　まだなら、ちゃちゃっと作りますよー」

伽羅が問う。

「ありがとう。でも、家で食べてきたんだ。今度からご飯時にお邪魔する時はお腹を空かせてくることにするよ」

気遣いに倉橋は笑いながら返す。

「ぜひそうしてください。あ、お茶淹れてきますね」

茶を淹れるために伽羅は一度台所に下がった。

倉橋は千歳をじっと見て、

「背が伸びたね。それに顔色も悪くない」

懐かしげに、しかし関わったことのある患者の状態を窺う様子も見せながら言った。

「まだ、学校では、いちばん前、です」

「心配しなくても、男の子の成長期は十代半ばからだからね。千歳くんのお父さんや、香坂を見ても、千歳くんが大きくなる素質は充分あるよ。……まあ、欲を言えばもう少しご飯を食べて肉をつけられたらいいかなとは思うけど、無理をして食べて、お腹の調子が悪くなっても困るからね」

倉橋の声は穏やかで、千歳はほっとする。

幼い頃に何度も倉橋には世話になった。

涼聖がいる時でも二人で千歳を診てくれて、「心配ないよ、すぐに苦しいのを取ってあげるからね」と言ってくれて、その言葉だけでも安心できた。

病院でもいっぱい、いろいろなものは視えたが、二人のどちらかがいると、少なくとも「怖いもの」は近づいてこなかった。

「お茶どうぞー」

千歳が何を話していいか分からなくなりかけた時、伽羅が茶を持ってやって来た。

「気を遣わせて、悪いね」

「いえいえ」

「そういえば、最近、橡さんと淡雪ちゃんはどうしてるのかな」

思い出したように倉橋が聞く。それに伽羅は苦笑した。

「先週、来ましたよー。ギャン泣きしてる淡雪ちゃんを連れて『頼む、二時間だけ眠らせてくれ』って言って。診療所のある日で、涼聖殿たちがいなかったんで、俺が全力で淡雪ちゃんの相手をさせていただきました。相変わらず夜泣きといたずらに悩まされてるみたいですよー」

「その二つに悩まされるくらいなら、淡雪ちゃんは元気みたいだな」

笑って言う倉橋に、

「すこぶる元気ですねー。元気の塊みたいな勢いです。毎日相手をしてる橡殿のことを考えると、頭が下がります」

しみじみと伽羅は返す。だが、それに倉橋は首を傾げた。

「淡雪ちゃんのいたずらや夜泣きは壮絶らしいけど、正直、信じられなくてね。俺が知ってる淡雪ちゃんは御機嫌で抱っこされてくれてるから」

「それ、倉橋先生にだけですよー。倉橋先生の前では猫を被ってます」

真顔で言う伽羅に、倉橋は笑った。

「猫を、ね……。俺の非番と橡さんの予定が合えば、俺がゆっくりと淡雪ちゃんを預かるよ。そうすれば橡さんは心置きなく眠れるだろうからね」

「今度会ったら伝えておきます。きっと喜びますよー」

伽羅の返事に倉橋はただ笑い、もう少しの間、千歳に体調についてなどの話を聞いてから帰って行った。

倉橋を見送ったあと、

「千歳くんは、小さい頃から大変だったのに、勉強をしっかりしてて、頑張り屋さんですねー」

伽羅はそう千歳を褒めた。

涼聖から、体が弱くて入退院を繰り返していたと聞いていたが、今さっき倉橋が気にかけていた様子を考えると、わりと深刻な時期も多かった様子だ。

今だって、見たくないのに視えてしまう状況でつらいだろう。

そんな状況が長く続いていると、いろいろなことがどうでもよくなって、投げ出してしまっても不思議ではない。

しかし、千歳は学ぶ意欲は失っていない様子なのだ。

それはとてもすごいことだと思うのだが、

「……勉強くらいは、できなきゃだめだから……」

何か思いつめたような顔で呟くと、

「しゅくだいのつづき、してきます」

千歳はそう言って客間へと戻って行った。

伽羅は千歳の背中を見送ったあと、小さくため息をついたが、

「さて、おやつは何にしましょうかねー。頭を使うと疲れるから甘いものがいいですね、きっと」

少しでも千歳の元気が出るように、考え始めた。


往診帰りの涼聖が家に立ち寄ったのは、二時間ほど経ってからのことだ。

千歳のいる客間に入ると、千歳は真面目に勉強中だった。

「よう、千歳」

「涼おじさん……」

「真面目に勉強してるんだな。俺なら遊びまわってるところだ」

涼聖は笑って言いながら、千歳が向かっている小さな座卓の脇に腰を下ろした。

「調子はどうだ？　居心地悪かったりしないか？」

問いかける涼聖に千歳は頷いた。

「体は、だいじょうぶ。きゃらさんが、おひるごはんにパスタを作ってくれて、さっきはおやつにワッフルをやいて持ってきてくれた」

「伽羅の料理はうまいだろ？」

千歳はうん、と頷いたあと、

「くらはし先生も、来てくれたよ。……元気かって」

「ああ。千歳がこっちに来てるって話したら、様子を見に行きたいって言ってな。おまえが元気そうで安心してただろ？」

それに千歳はただ頷く。

とりあえず問題なく過ごしている様子に安心した涼聖が、

「ああ、そうだ。さっき、史兄から電話あった」

千歳の父親から連絡があったことを告げると、千歳は少し不安げな顔をした。

「お父さんは、なんて?」

「体調を崩したりしてないかって。昨日も一昨日も、おまえはちゃんとやってるって連絡したんだけどな。どうにも心配らしい」

「……涼おじさんは、なんておへんじしたの?」

「なんてって、そのまんま返事した。朝はみんなと一緒に飯食って、今は家で同居人と一緒に留守番しながら勉強してるはずだって。おまえ、家に連絡してないんだろ? 史兄も、俺のとこにかけないでおまえの携帯に連絡すればいいのにっつったら『千歳の自主性に任せてるんだ』とかなんとか言ってたけど、電話かけて欲しがってるのはミエミエだったから、あとでかけてやってくれ。我が兄貴ながら、面倒臭いやつで悪いな」

涼聖が言うと、千歳は少し笑った。

——あ、笑うとすげぇ可愛い。

もともと整った顔立ちをしているが、いつもはどこか沈んだ様子でいることのほうが気がかりになってしまう。しかし、笑うと、例えれば可憐な花が、風に揺れている様に似ていると思った。

「さて、俺、夜の診療があるからもうそろそろ行くけど、何かあったらすぐ電話してこい。帰ってくるのは早くて九時前になるから、夕食も伽羅とすませてくれるか? あと風呂も。眠たくなったら、俺たちが帰ってくるのを待たなくていいから、寝るんだぞ」

このあとのことを伝えると、千歳はさっきと同じようにただ大人しく頷いた。

心配はないと思いつつも、伽羅に改めて千歳を頼むと言って涼聖は診療所に戻った。

幸い、伽羅からも千歳からも何の連絡も入ることなく、診療を終えた涼聖が琥珀と陽とともに家に戻ると、入浴を終えたらしい千歳がパジャマ姿で、伽羅とシロとともに出迎えに出てきた。

「琥珀殿、陽ちゃん、涼聖殿、おかえりなさい」

笑顔の伽羅の隣で、千歳とシロが並んで、「おかえりなさい」と出迎える。

「みんな、ただいま！」

陽が真っ先に反応し、いつものようにシロを肩に乗せる。

「わざわざ出迎えに来てくれたのか、ありがとうな」

涼聖は言って千歳の頭を撫でる。その隣で伽羅が同じように頭を撫でてもらおうと琥珀に向かって頭を下げているので、涼聖はその頭をがっしりと鷲摑（わしづか）んだ。

「伽羅も留守番ありがとうなー」

「痛っ、痛い、痛いですって！」

早速お約束のようにじゃれあう二人を横目に、

「風呂上がりでここに長くいては風邪をひく。居間に行こう」

琥珀は千歳と陽、シロに言い、先に居間へと向かった。

それを見て涼聖は伽羅の頭から手を放すと、

「誰かツッコむとかボケるとかしてくれねぇと……」

「俺だってやられ損じゃないですか……」

二人して呟きあう。そのあと、

「千歳、様子どうだった？」

涼聖はそっと聞く。

「特に変わった様子はないっていうか、俺やシロちゃんに対しての警戒心は、もうほとんどないと思いますよ。食事は、ちょっと量を控え目に出しましたけど、完食してくれてます」

伽羅の報告に涼聖は安堵の息を吐いた。

「そうか。……おまえがいてくれて本当に助かったよ」

礼を言う涼聖に、

「だったら、琥珀殿に頭を撫でてもらうくらい大目に見てくださいよー」

伽羅はそう返してくる。

「それとこれとは別問題だ」

涼聖はそう言うと居間に向かって行く。その後ろ姿に、

「ケチ」

と悪意なく毒づきながら、伽羅もそのあとに続いた。

涼聖と伽羅が居間に入ると、陽と千歳とシロは将棋盤に向かっていて、琥珀はとりあえず湯呑みに茶を淹れているところだった。

「早速三人で遊んでるのか？」

涼聖が問うと、

「あのね、ちとせちゃんときゃらさんがあそびかけてたんだって」

陽が返事をする。それに、

「千歳くん、俺、ちょっと琥珀殿と涼聖殿の夕食の支度をしますから、続きは明日でいいですか？」

伽羅が千歳に問う。千歳は頷き、

「じゃあ、けいたいでんわで、写真にとっておきます」

そう言うと将棋盤の状態と、互いが取ったコマを写真に収める。

「千歳、将棋もできるのか。俺は正直さっぱりだ」

「……にゅういんしてたとき、ちょっとだけ、おしえてもらったから。でも、ぜんぜん強くないよ」

千歳の返事に、

「いえ、ちとせどのはなかなかにすじがよいうちかたをされます」

盤の上のコマを何かの状態に並べなおしながらシロが言う。

「そうですよー。こっちが『お？』って思うような手を出してくるからヒヤっとします。角落ちでも大人としては負けられませんからねー」

温めが終わったものから順に伽羅は運んできてちゃぶ台に並べていく。

その間に将棋盤の上にコマが並べられ、どうやら始まったのは、はさみ将棋のようだ。

たがいにコマを直線に進めて、二つのコマで挟んだ相手のコマを取っていき、多く取ったほうが勝ちという単純なゲームは、勝負がつくのが早い。

伽羅が二人の夕食を出し終えた時、千歳の勝ちが決まった。

「やっぱりちとせちゃん、つよいね」

負けても陽は笑顔だ。勝ち負けより、一緒に遊べることが楽しいらしい。

「勝負がついたところで、陽ちゃん、パジャマに着替えましょうか。お風呂は診療所で入って来たんですよね？」

確認する伽羅に陽は頷く。

診療所のある日の夜は、基本的に陽は夕食と風呂を診療所ですませる。診療所は民家を改装してあり、昼食を取っている部屋はもともと台所だった場所で、その奥に小さな風呂がついているのだ。

この季節は湯冷めしてしまう可能性もあるが、陽が帰るまでに眠ってしまうこともあるので、そうさせている。

「うん、かたまでつかって、ちゃんと、いちからじゅうまで、じっかいかぞえたよ」

「よくできましたねー。じゃあパジャマに着替えて寝ましょう」

伽羅がそう言うと、陽は素直に頷いたあと、千歳を見た。

「あのね、ねるときに、きゃらさんにえほんをよんでもらうの。ちとせちゃんも、いっしょによんでもらお？」

突然の誘いに千歳は戸惑った表情をし、聞いていた涼聖と琥珀も、え？　と陽を見た。

「おひるま、いっしょじゃなかったから……」

つまり、昼間一緒に遊ぶのを我慢したので、夜は一緒に、と言いたいらしい。

ちょっとずつ親しくなると言いつつ、一緒に寝ようというのは、大人にとっては超展開なのだが、月草（つきくさ）や白狐など、やってくる客と一緒に寝ることは、陽にとっては特別ではなく普通のことであるのはなんとなく察せた。

しかし、そんなことを知らない千歳はただ戸惑うのみで返事に困った様子でいたが、

「……だめ？」

少しショボンとした顔で陽に言われると、嫌とは言えなかったらしい。

「いいよ」

千歳がそう返すと、陽はぱぁっと笑顔になった。

「じゃあ、なによんでもらう？　ちとせちゃんは、どのおはなしがすき？」

即座に食いついていく陽に、

「おへやで、ちとせどのにちょくせつえらんでもらってはいかがでしょう」

シロが提案し、陽は頷いた。

「うん。ちとせちゃん、おへやにいこ！」

眠る前とは思えないテンションの高さで陽は立ち上がり、千歳を誘い、流れで千歳は陽、シロ、伽羅とともに、おやすみなさいと、とりあえず挨拶をして、陽の部屋へと入っていった。

それを見送った涼聖は、

「完全に陽のペースだな」

小声で言い、琥珀は微笑みながら頷いた。

5

庭から、花に水やりをする陽とシロの、少し調子っぱずれなアニメのオープニングテーマの歌声に合わせて、水やりを手伝っている千歳のしっかりとした主旋律の歌声が聞こえてくる。

次の診療所の休みが来た日には、千歳は相変わらず大人しいものの、ここでの奇妙な同居人たちとの生活にはすっかり慣れた様子を見せていた。

今では客間で一人で眠るし、朝食後は陽やシロと一緒に龍神の金魚鉢を洗い、診療所に出かけるまでのちょっとした合間には、陽にせがまれて折り紙を折っている。

ちなみに、最初に折った羽の繋がった二羽の鶴は診療所の受付に置かれて患者を驚かせており、シェパードと秋田犬の二匹はシロの部屋の前で番犬のように立っている。

水やりが終わると、陽が、

「きょう、なにをしてあそぶか、ツリーハウスでさくせんかいぎしよ！」

と言いだし、千歳とシロと三人で連れだってツリーハウスへと向かって行った。

「すっかり仲良くなったようだな」

三人を見送って琥珀が呟く。

「まあ、陽は誰とでも仲良くなるのうまいからな。千歳も、みんなに慣れたっていうか……この家じゃ気持ち悪いものは視ないって最初に言ってたから、安心していられるみたいだ」

涼聖の言葉に、琥珀が頷く。

「私の結界の内であるし、伽羅殿や龍神殿もいるゆえ、滅多なものは近づけぬ」

「表情も柔らかくなりましたよねー。最初はおどおどビクビクって感じでしたけど……」

伽羅も来た当初と比べての見解を口にする。

「まあ、無理もないけどな。神様だのなんだのと同居なんて、普通考えられないからな」

そう言った涼聖に、

「涼聖殿がそれ言っちゃうんですか？　『当たり前』みたいに生活しといて」

伽羅が呆れを含んだ声で返す。

「しょうがねぇだろ、『当たり前』みたいにいろんな連中が遊びに来たりするんだから。人間っていうのは慣れる生き物なんだよ」

「涼聖殿の言葉ももっともだな」

少し苦笑して琥珀は返したあと、

「これまで、いろいろと困った目に遭っていただろうから、ここにいる間だけでも心穏やかに過ごしてもらえればよいな」

優しい口調で言ったが、どこか思案げな顔をしているようにも思えた。

昼食を食べて少しした頃、陽は朝からはしゃぎ過ぎたのと、満腹なのとで居眠りを始め、涼聖に促されて部屋へ眠りに行った。

千歳は、陽が起きてくるまで客間で勉強をしていようかと思ったのだが、

「千歳、ちょっと話したいんだけど、いいか？」

涼聖にそう言われた。

「…はい」

千歳の返事に、

「言いづらかったら、別にかまわないんだけど、ここにいる連中はみんなおまえがいろんなものを『視える』ってことを理解してるし、悪いやつらじゃないってことも分かっただろ？」

涼聖は言い、千歳はその場にいる琥珀と伽羅を見た。

「うん」

「それで、自分の家にいる時に何があったか、聞かせてくれねぇか？」

そう切り出した涼聖に、千歳は少し顔を強張らせた。

「……いろいろ…」

おそらく、怖い、嫌な経験だったのだろうということは察しがついた。

「いろいろ、を具体的に聞いていいか？　……学校にあんまり行けてないこととかを、責めるつ

もりはまったくないんだ。医者として、おまえの体調面を考えても、休みがちになるのは仕方のないことだし、それが理由でクラスになじめなくて行きづらいんだとしても、それは当然のことだ。そういうことも含めて、困ってることとか、これまでで嫌だったこととか、話してくれないか？」

無理に聞きだすつもりは本当になかったが、染乃がここに来るように伝えたのは、千歳が胸のうちに抱えているものを聞いてやれということだろうと涼聖は感じていた。

だから、琥珀たちにも慣れた今なら、頃合いだろうかと思ったのだ。

――まだ、ちょっと早かったかな……。

そう思った時、

「……みんなとちがうって、さいしょはわからなくて」

千歳が話し始めた。

「ようちえんにいたとき、まーくんって、おともだちがいたの。にこにこしてて、あたまがよくて、やさしいこで、だいすきなおともだちだったんだけど、ほかのおともだちはまーくんがみえてなくて……。びょうきで、あんまりようちえんに行けなかったから、おともだちは少なかったんだけど、その子たちにまーくんの話をしたら、うそつき、とか気持ちわるいって言われて……」

訥々（とつとつ）とした口調で、千歳は涼聖たちの反応を窺いながら続ける。

「お父さんやお母さんも、ぼくが、お父さんたちには見えてないものがいるっていったりするから、あんまりへんなことを言うなって……。うそもついてないし、へんなことも言ってないのにって思ってたけど、ちょっとずつ、ぼくがみんなとちがうって分かってきたから、言わないようにしてるけど……小学校は、同じようちえんに行ってた子がほとんどだから……」

つけられた『気持ちの悪い子』というレッテルが剝がされることがないままでいるのだろう。

「そっか……。大変だったな」

涼聖はそれ以外にかける言葉が見つからなかった。

「ううん……。おともだちがいないだけで、いじめられてるわけじゃないから……」

「おまえ、大人だなぁ……」

涼聖は言いながら千歳の頭を撫でる。

「それ以外にも困ってることないですかー？　千歳くんにしか視えないものに困らされてることとか」

それだけではないと踏んだ伽羅が、続きを促し、千歳は話を続けた。

「……学校とか、人がいっぱいいるところは、ほかの子がつれてきちゃったユウレイみたいなのが、ぼくについてきちゃったりすることがあって、それで気持ちわるくなっちゃったりするし、学校へいく道に気持ちわるいのがいて、行きたくないなって……」

琥珀と伽羅はその言葉に頷く。

「それでも、一年生のときは、まだましで……でも、二年生になってからすごくいっぱい、そういうことがあって、夏休みからはほとんど学校に行けてない。前は、そんなになかったのに、家の中まで入って来ちゃうのもいて……そんな時は、自分のへやから出られないから」

「自分の部屋にいると大丈夫なのか？」

涼聖が問うと、千歳は頷いた。

「へやには、神社のおふだをはったり、あと、もり塩っていうのをしたりしてる。……前にテレビで、なんかそれをしたらいいっていうの、いろいろやってて……、お塩なら、お母さんがおりょうりする時に使うのがあるから……だまって、こっそりもらってきて、やってる」

他の人には「見えていないもの」のことで悩んでいるから、相談することもできなかったのだろう。

おかしく思われない範囲でのできることを精一杯して、自衛をしているのだろうと思うと、その健気さに涼聖の胸が痛んだが、

「おまえ、えらいな」

そう言うのが精一杯だった。

「でも、さいきんは家の中に入って来ちゃうのも多いし、まえは近くのコンビニくらいならそういうのをみないで行けたりもしたけど、今はダメで、こまってたら、ひいおばあちゃんが、ここにおいでって言ってくれて……」

千歳がそこまで話した時、それまで黙して聞いていた琥珀が口を開いた。

「千歳殿は、今はお幾つだ？」

それは唐突にしか思えない問いだったが、

「もうすぐ、八さいです」

千歳は素直に答えた。

「四月一日が誕生日なんだ」

涼聖は付け足しながら、どうして急に年齢を聞いたのかが謎でそれを問おうとしたのだが、

「もうすぐじゃないですか！　じゃあ、お誕生日パーティーをしなきゃいけませんね」

伽羅が言いだし、

「パーティーで食べたいものはありますかー？　ケーキはもちろん用意しますよ！　それ以外に、例えばから揚げとかハンバーグとか……」

と、ノリノリで即座に食べたいもののリサーチに入ると、

「ピザだ！　ピザ、ピザ！」

パーティーと聞きつけて、金魚鉢で眠っていた龍神が即座に参戦してきた。

普段、黙ったままのことが多い——眠っているからだが——龍神が急にしゃべり出したのに、千歳はびくっと体を震わせたが、

「千歳、そなたもピザを所望するであろう？　何ピザがいいのだ」

龍神は千歳に結託させようと、話を振ってくる。

「えっと……、何…がいいかな」

急に何ピザが好きかと言われて、千歳は慌てて考える。

「龍神殿、自分が食べたいからって千歳くんにゴリ押ししないでくださいよー。千歳くん、無視していいですからね」

伽羅が言うのに、千歳は頷きながら、

「えっと、エビがのったのが好きです」

律儀に好きなピザの種類を挙げる。

「エビが載ったピザですねー。分かりました、それに合う他のトッピングとソースも考えますね」

リクエストを受けて伽羅は俄然（がぜん）やる気を出し——そのまま話は流れたのだった。

翌日、診療所に出勤する涼聖たちと一緒に、千歳は初めて集落にやってきた。
「陽ちゃん、今日はお友達といっしょなんじゃねぇ」
無論、集落に来れば陽と一緒に散歩へ出かけることになり、集落のアイドルである陽と一緒だとすぐに住民たちから声をかけられた。

「うん！　りょうせいさんのオイゴさんのちとせちゃんなの」

元気よく陽が言うと、

「ああ、陽ちゃんが話しとった子じゃねぇ。折り紙がすごい上手なんじゃって？」

どうやら陽が千歳のことを話していたらしく、声をかけてきた老女はにこにこしながら千歳に聞いた。

「はじめまして、香坂ちとせです」

ぺこりと丁寧に頭を下げる千歳に、

「行儀のいい子じゃねぇ」

と、やはりにこにこしながら手元のきんちゃく袋から飴玉（あめだま）を二つ取り出した。

「はい、陽ちゃんと、千歳ちゃんにひとつずつ」

「おばあちゃん、ありがとう！」

「ありがとうございます」

礼を言う二人に老女は目を細めたあと、

「二人でどこへ行くんね？」

と聞いてくる。

「えっとね、しょうがっこうへブランコしにいくの。そのあと、しゅうかいじょへいってね

「……」

陽は今日の予定ルートを説明し始める。

「気をつけていくんよ」

「うん。いってきます。ちとせちゃん、いこ！」

陽は千歳の手を握り、歩き始める。

しかしアイドル陽と一緒であるため、しょっちゅう話しかけられて足を止めることになるのだが、陽はいろんな人に千歳のことを話していたのか、みんな「ああ、陽ちゃんが話してた子ね」という感じで、かなりウェルカムな様子だ。

そんな住民たちと一緒に、彼らとかつてともに過ごしていた、今はいない住民がやはりにこにこしながら千歳と陽を見ていたが、千歳が気づいているのが分かっても決して話しかけてこようとはしなかった。

「生きている者」に話しかけたりはしない、と取り決めでもあるような様子だ。

それ以外にも人ではない「もの」も家の屋根の上や、道端の電柱の陰などにちらほらと視えたが、実家にいる時に視るような「気持ちわるいもの」ではなかったし、やはり彼らも千歳にちょっかいをかけてこようとはしなかった。

――もしかしたら、こはくさんにもらったおまもりのおかげなのかな……。

千歳はそう思いながら、陽と散歩を続けた。

陽の予定通り、廃校になった小学校でブランコをこいで遊び、それから集会所へと向かった。集落の会議や、何か行事をする時に使うらしいが、今日は何もないらしく人気がなかった。しかし陽は気にした様子もなく、遊歩道へと向かって行く。

整備された遊歩道は途中でいくつかに道分かれして、陽がそこに来るたびに、「こっちにいくとじんじゃのうらにでるの」だの「ここをまっすぐいくと、かわぞいのみちにでるの」だのと案内する。

その陽は遊歩道の途中でやや獣道らしき場所を進んだかと思うと、どこかの家の蔵と蔵の間の路地に出た。

そこを進むとアスファルト舗装の道だった。

「ここをまっすぐいくと、りょうせいさんのしんりょうじょがあるの。でも、まだかえらないから、こっちにいくね」

陽は診療所と反対側に足を進めて行く。

ギリギリ車二台が対向できそうな道だが、車が通る気配はない。

千歳の住んでいるところとはいろんなところが違っていて、なんだか少し不思議な気がした。

その時、道の先からスクーターが走ってくるのが見え、それに陽は大きく手を振った。

「こうたくーん！」

陽に気づいたのか、スクーターに乗った人物が手を振り返してくる。そして近くに来るとスクーターを止めて、ハイタッチ——陽にとっての——を交わした。

「陽ちゃん、今日は友達と一緒なんスね」

「うん！　りょうせいさんのオイゴさんのちとせちゃん」

そう説明してから、陽は千歳を振り返った。

「ちとせちゃん、ささきのおじいちゃんのところの、こうたくん。だいくさんで、いろんなものつくれるんだよ！」

「千歳くんっていうんですね。初めまして、岩月孝太っス」

孝太はにっこり笑って、挨拶をする。

「は、はじ、めまして。香坂ちとせ、です」

人見知りを発動させながらも、千歳も挨拶を返す。

「こうたくん、さぎょうばへかえるの？」

「そうっスよ。この前修理した岩崎のじいちゃんとこの引き戸の手直しがすんだとこなんス」

「いっしょにいってもいい？」

「いいっスよ。じゃあ、三人で一緒に帰るっスかー」

二人のやりとりから、どうやら予定が変更になったことを悟りつつ、千歳は陽と、スクーターを押す孝太について行った。

作業場は少し歩いた先にある割合大きな日本家屋の隣にあった。

「おじいちゃーん、こんにちはー」

陽が元気に挨拶をしながら入って行くと、奥で何かの作業をしていた老人が手を止め、陽を見た。

「おう、陽坊。今日も元気だな」

「うん！　おじいちゃんは？　げんき？」

「ああ、元気だ」

そう言ったあと、孝太へと視線を向ける。

「孝太、岩崎さんとこの手直しは終わったか」

「終わったっス。湿気で木が膨らんで動きが悪くなってたんで、ちょっとだけ削りました。それで問題なく動いてたんで、大丈夫だと思うっス」

孝太の報告に頷いてから、今度は視線を千歳へと向けた。

「新しいお客さんじゃな。陽坊のツレか？」

「えと、あの……」

さっき孝太に言ったように自己紹介をすればいいだけなのに、咄嗟に言葉が出ないでいると、

「えっとね、りょうせいさんのオイゴさんのちとせちゃん」

すぐに陽が代わって紹介してくれる。

「ちとせちゃん、このおじいちゃんが、ツリーハウスとかつくってくれたささきのおじいちゃんだよ！　すっごいだいくさんなの！」

陽の紹介に佐々木は笑う。

「すごいかどうかは分からんが、まあ、ぼちぼちだな」

「ちとせちゃんもすごいの。これ見て」

陽はポシェットの中から、そっと大事そうに、あるものを取り出した。

それは「もうひとつ、つくって」と陽にせがまれて千歳が折った、あの羽がくっついた二羽の折り鶴だった。

「ちとせちゃんがおったんだよ。すごいでしょう?」

自慢げに見せる陽の手から折り鶴を受け取った佐々木はそれをじっと見てから、急に驚いた顔をした。

「一枚で折っとるのか」

「え? 一枚?」

遠目に見ていた孝太も驚いて歩み寄りまじまじと見たあと、

「……うわ、すげぇ、マジだ!」

そう言って千歳に視線を向けた。

「すごいんスね。俺、普通の鶴も折れないっスよ」

「器用なもんだなぁ……」

佐々木も感心した様子で言うが、過分に褒められている気がして、千歳はどう返していいか分

からなかった。しかし、

「うん、すごいでしょ?」

陽は自分のことのように言って、どこか自慢げだ。

「おじいちゃん。おじいちゃんのところのツリーハウスも、ちとせちゃんにみせてあげてほしいの」

「うちのか? 別にかまわんが……」

佐々木からの許可が出て、陽は千歳を振り返る。

「おじいちゃんのところのツリーハウスは、すっごく、すっごくおおきいんだよ」

陽が言うと、

「まあ、ツリーハウスって域は超えてるっスね」

と孝太も返す。

想像はつかないが、とりあえず陽のツリーハウスよりもかなり大きいのだろう、と察しをつけた千歳だったが、裏庭に案内され、件のツリーハウスを見上げた千歳は口をあんぐりと開けたまま、言葉を失った。

佐々木を筆頭に、工務店の関(せき)、石材店の大前(おおまえ)、元鳶職人の北島(きたじま)、元大工の中畑(なかはた)の、腕に覚えのある職人五人が、陽のツリーハウスを作ったあと「自分たちのためのツリーハウスを!」と作りだしたものである。

だが、「ツリーハウスの域を超えてる」という孝太の言葉通り、そのツリーハウスは大きかった。

陽のツリーハウスも大概大きいのだが、ここのツリーハウスはもはや、「木のすぐそばに作られた高床式のログハウス」といった感じなのだ。

大人五人が宴会をできるようにと作られているため、中もずいぶん広い。

「すごいですね」

綺麗に片づけられた室内を見渡しながら、まだ驚きを隠せないままで千歳が呟く。

「すごいでしょ！　おじいちゃんたち、なんでもつくれちゃうんだよ」

何度か来ている陽は、やはり自分のことのように自慢げに言う。

「うん……。ほんとうにすごい。テレビで見た、ロッジみたい」

千歳の言葉に陽は首を傾げる。

「ロッジってなに？」

「えっと……お山とかにある、木でできたおうちで……」

千歳も詳しいことは知らないので、ニュアンスでなんとか伝えようとするのだが、どうにも難しい。

「陽坊、ハイジを読んだことあるじゃろ？　あれの、山にあるハイジのおじいちゃんの家みたいなもんだ」

佐々木が、陽の知っているものの中で一番近い建物を伝えると、陽は納得したように頷いた。

「しってる！　ヤギのチーズをつくってるおうち」

正確に言うと少女の成長物語なのだが、食べ物の話が一番に出てくるのが陽らしい。

それに佐々木は、そうだ、そうだと笑う。

「ちとせちゃんは『ロッジ』にいったことある？」

陽に聞かれて、千歳は頭を横に振った。

「ううん。遠いところへのりょこうは、ぼくの体がじょうぶじゃないし、いもうともおとうとも、まだ小さいから、二人がもう少し大きくなって、ぼくも元気になったらって」

家からここまでもかなり遠いのだが、何かが起きても医者である涼聖がいるから、許可が下りたのだ。

「行きたいとことやりたいこと、思いつくたびに書いとくといいっスよ。そうしたら、時間ができたり、いろんなことができるようになったときに迷わなくてすむんで。ちなみに俺のやりたいことリスト数えたら、百五十ちょっとあったっス」

千歳の言葉を聞いて、笑いながら孝太が言う。

「百五十個もあるんですか……」

「え、普通それくらいないっスか？　野球がうまくなりたいとか、カブトムシいっぱい採りたいとか」

驚く千歳に孝太が言うと、

「こうたくん、カブトムシとるの、すごくじょうずなんだよ！　あとザリガニもすぐにみつけられるの。すごいんだよ」

陽がにこにこしながら情報を付け足す。

「この辺、昆虫の宝庫っスからね。千歳くん、夏休みにも来たらいいっスよ。カブトムシとかクワガタとかの穴場あるから、陽ちゃんも一緒に昆虫採集行きましょう」

気軽に誘ってくる孝太に千歳はどう返していいか分からなかったが、

「そうだな、夏にも来るといい。ひと夏、孝太と一緒に遊んでたら、あっという間に丈夫になるぞ」

笑いながら佐々木も言うので、とりあえず千歳は頷いておいた。

夕方の診療が始まる前に千歳は一足先に涼聖に送ってもらって、家に戻ってきた。

日没になれば、診療所で診察が終わるまで待つことになるのだが、この時季はまだ、風邪でやってくる患者も多いため、丈夫ではない千歳を待たせないほうがいいかもしれないという判断で、最初からそう決まっていた。

帰宅後は夕食の時間まで勉強をして、伽羅とシロと夕食を取り、食後はシロとリバーシをしたりして過ごしたあと、入浴をすませる。

寝支度を整えて少しした頃、涼聖たちが診療所を終えて戻ってきた。

いつものように診療所で入浴をすませてきた陽は、

「ちとせちゃん、きょうはどのえほん、よんでもらう?」

と、このあと、寝つくまで読んでもらう絵本の選定の相談に入る。

千歳が陽と一緒に寝入ってしまうことはあまりなく、陽が寝てから絵本を読んでくれる伽羅か時には琥珀と、そっと布団を抜けだして陽の部屋をあとにし、千歳は客間に戻って眠るという流れになっていた。

絵本を選んでいる間、伽羅は琥珀と涼聖の夕食の準備を整える。

だが、今夜は準備を終えたあと、伽羅は、

「昼に、本宮から連絡がありました」

琥珀にそう報告をした。

「術の件か」

琥珀が問い返すと、伽羅は頷いた。

「そうです。琥珀殿が試作した術のうちのいくつかを改良して実用化するとお考えみたいなんですけど、携わる稲荷の実技を見ながら改良するほうがいいだろうってことで、本宮へ来てほしいってことでした」

本宮に行かなくてはならないかもしれない、というのは可能性として告げられていたので、その心づもりをしていた。

そのため、特に問題はないのだが、

「いつだ？」

日程によっては難しいこともあり得るので、琥珀はその点について問い返した。

「できるだけ早く、とのことなんですけれど、白狐様もお忙しいので、これからスケジュールを調整するんで、琥珀殿の都合を先に教えて欲しいって」

伽羅の言葉に琥珀は少し間を置いてから、

「診療所の手伝いがあるゆえ、休日が望ましいが……次の日曜は月草殿がいらっしゃるからな」

予定を考えながら告げる。

「じゃあ、それ以降で診療所の休みの時にってことで調整してもらっておきます」

「すまぬな。いつも世話をかける」

琥珀が伽羅を労うように言った時、

「あの……お客様がくるんですか？」

陽と選んだ絵本を手にした千歳が聞いた。

その声に、涼聖、琥珀、伽羅は、はっとした。

月草は、子供好きだ。

とりわけ陽を溺愛してくれているが、千歳も愛で対象であることは簡単に察することができた。

——どういう人っていうか、神様が来るのか、千歳に話しといたほうがいいよな？

涼聖は琥珀と伽羅に視線をやり、二人が軽く頷くのを確認して、千歳に視線を戻した。

「ああ、お客様だ。っていっても人じゃなくて、めちゃくちゃ美人で子供好きの神様だ。いい人だが、多分おまえを見てハイテンションになると思うから、一応驚かないように言っとく」

涼聖の説明に千歳はやや怪訝そうな顔をした。

「……子供好きの、神様」

「あ、変な意味じゃないですから大丈夫ですよー。普通に可愛い子供が好きなだけです」

伽羅がざっくりと安心するように言うと、

「つきくささま、すごくやさしいんだよ」

陽もにこにこして言い、陽の肩に座ったシロも頷く。

二人の様子を見ると、心配しなくていいのだろうということだけは分かった。

「じゃあ、そろそろ寝ましょうか。今夜は何の絵本ですかー？」

伽羅が眠るように促し、三人を連れて陽の部屋へと入る。

おやすみなさい、と挨拶をして部屋に入ったのを見送ってから、

「月草殿には、あとで文を送って、千歳殿のことを伝えておく」

そっと琥珀が伝えるのに、涼聖は悪いな、と返し、夕食を食べ始めた。

6

日曜の午後一番に、月草はいつものようにタクシーでやってきた。

「つきくささまだ！」

家の前の坂道をタクシーが上ってくる音が聞こえてくると、陽はシロと一緒に居間の縁側から庭へと飛び出した。

ほどなく、家の前でタクシーが停まり、ドアの開く音が聞こえた。

そしてすぐ、その人物は姿を見せた。

今日も今日とて、どこの夜会に行くのかと思わせるゴージャスな出で立ちで現れたのは、陽の力を預かりに来てくれている月草である。

「つきくささまー」

陽が笑顔で月草を迎えに走り出る。その姿を目に留めると、月草は腰をかがめて両手を開き、満面の笑みで受け入れ態勢を整える。

「陽殿！」

腕の中に飛び込んできた陽を、ぎゅっと抱きしめる。

「つきくささま、いらっしゃいませ」

「ようこそおいでくださいました」

陽とシロが挨拶をすると、

「ああ、陽殿。相変わらず可愛らしいのう……。陽殿もシロ殿も、元気にしておったか?」

問いながら月草は陽を抱いたままで立ち上がる。

「うん!」

「おかげさまで」

笑顔で返事をする陽とシロに目を細めながら、月草は縁側に並んで出迎える涼聖や琥珀たちの許に歩み寄ってきた。

「月草さん、いつもすみません」

涼聖が挨拶がてらに言うのに、月草は、ほほ、と笑う。

「わらわのほうこそ、陽殿の力を預かるという役目はあれど、こうしてたびたび快う迎え入れてもろうて、ありがたく思っておりますよ」

そう言って、琥珀、伽羅と目礼を交わしたあと、その隣にちまっと立っている千歳に目を留めると、ほう…とため息にも似た声を漏らした。

「客人がおいでと、琥珀殿の文にて伺っておったが、このように愛らしい方であったとは」

「えっとね、りょうせいさんのオイゴさんの、ちとせちゃんだよ」

月草に抱っこされたままの陽が紹介する。

「千歳殿と申されるか。初めまして、月草と申しまする」

艶やかに笑みながら自己紹介する月草に、

「は…っ、はじめ、まして」

その美貌に思わず見入ってしまっていた千歳は、慌ててぺこりと頭を下げる。

「俺の、下の兄貴のとこの息子なんです。ちょっと体が弱いんで、静養がてらうちへ遊びに」

琥珀が千歳のことについて、月草にどの程度事前に手紙で伝えてくれているかは分からないが、その程度の説明で基本的には充分だろうと、涼聖はそう言うにとどめた。

そこに、タクシーの精算を終え、土産物の袋をそれぞれ手にした狛犬（こまいぬ）兄弟がやってきた。

「ご無沙汰しております」

「よう坊主。元気か」

礼儀正しく涼聖たちに挨拶をするのは、弟の浄吽（じょううん）。月草に抱っこされたままの陽に気軽に声をかけるのは兄の阿雅多（あがた）だ。

「うん、げんきだよ。あにじゃさんと、じょううんさんは？」

陽の問いに、狛犬兄弟がそれぞれに元気だと返したあと、伽羅がやってきた月草たちに、どうぞ中へと促した。

居間にやってきた月草は、いつも通り陽を膝の上に座らせて持参した土産を披露し始めた。

「こちらとこちらは皆で食べようと思って持ってきた菓子じゃ。それから、こちらは陽殿にモンスーンのぬりえに……」

当然と言えば当然だが、陽への土産が一番多い。しかし、シロにも夏の昼寝用の掛け布団代わりにとダブルガーゼでできたモンスーンのハンカチに、裁縫が得意な月草の侍女が作った新しい着物が二揃いあった。そして、

「大体の年回りは伺っておったが、好みなど分からなかったゆえ、勉強に役立つものをと思ってな」

千歳にも、ノートや鉛筆などの文房具類を持って来てくれた。

「ぼく…にも、ですか?」

「そうじゃ。あとで好きなものや、興味のあることなどを教えてたもれ。次にお会いする時にはそれを持参するゆえ」

微笑みながら言う月草は「ちっちゃいこ愛でモード」が順調に作動している様子だった。

千歳は初めて会う、それも神様から頂き物をしてどうしていいか分からないというような顔をしていたが、

「千歳、よかったな。おまえ、勉強熱心だからな」

涼聖が言外にそのまま受け取っておけと言うと、千歳は月草にぺこりと頭を下げた。

「ありがとうございます」

「ほほ、礼儀正しいよいお子じゃ。それになんとも愛らしいなぁ」

そう言う月草に、

「ちとせちゃんはね、すごくあたまがよくて、しんけいすいじゃくがつよいの。それにおりがみもすごくじょうずなんだよ」

陽が千歳の情報をレクチャーする。

「おお、そうなのか。ではあとで折り紙をして遊びましょうな」

相変わらずの笑顔で千歳を見る。

その後も陽、シロ、千歳のちびっこ三人に、阿雅多と月草を入れた五人で——浄吽は撮影担当である——トランプやボードゲームに興じたり、庭でちびっこ三人と阿雅多が遊ぶ様子を、縁側に座した月草が愛でたり、と、これまで月草が来た時と変わりない様子で過ごした。

千歳も最初は月草や狛犬兄弟に戸惑った様子は見せていたが、それは通常通りの人見知りによるものであり、香坂家に神様の類が集うこと自体には慣れた様子だった。

その光景を見つめながら、涼聖はやはり月草の千歳に対する様子は、陽に対するものとは少し違っているように思えた。

それだけ陽が特別なのだということは分かるが、シロに対するのともまた違うのだ。

——月草さんのストライクゾーンの見た目年齢とちょっとズレてんのかな。

もしくは、千歳が人見知りであるのを理解して、一歩引いた対応をしてくれている——それでも充分に愛でモードではあるが——のかもしれないというふうに、涼聖の目には映った。

夜になり、陽と千歳、シロが眠ったあと、居間には大人組が全員――龍神も人の姿で――集まった。

夕食の前に涼聖は琥珀から「子供たちが眠ってから、皆でしたい話がある」とそっと耳打ちされていた。

何のために全員が揃ったのかと言えば、

「千歳殿のことなのだが」

琥珀が切り出したのは、千歳について、だった。

「私と伽羅殿、それから龍神殿はここしばらくともに過ごしていたゆえ気づいたのだが、千歳殿が生まれた頃より病がちだったというのは、実際に人よりも多少、体が弱いというのもあるが、どちらかと言えば我らの側の者が手だしをしていたせいのようだ」

その言葉に月草と狛犬兄弟も頷いたが、涼聖は眉根を寄せた。

「琥珀たちの側ってことは、神様とかってことだよな？　それが手だしってどういうことだ？　神様って人を手助けしてくれるんだろ？　なのになんで千歳が病気になるんだよ」

神の加護を願ったことのある者は多いだろう。

子供が生まれれば宮参りをすることもよくある。

それは子供が健やかに育つようにと願いを込めてのことだ。

だが、琥珀の言葉は、真逆のことを指しているように思えた。

「千歳くんは、ただ『視える』ってだけじゃないんですよ。魂の質が神様好みな感じっていうか……。まあ、それがいいかどうかは別の問題ですし、いわゆる見えない世界と視えたり聞こえたりって感じで繋がる人が、人格的に優れてるかっていうのもまた別の話なんですけど、手元に置きたくなる存在なんですよ。実際、巫女や神官になった人のいくらかはそういう人です」

伽羅が涼聖に分かるように説明をし始める。

「千歳が神様に好かれやすい体質だってことは分かった。それで、何で体の具合が悪くなるんだよ」

「千歳くん、最初にうちに来た時も神気にやられて体調崩したの覚えてます?」

「ああ、琥珀がお守りをくれて……」

「そうです。ただ、本当に好ましい存在なんで、早めに唾をつけとくか、みたいな感じでちょっかいを出す連中もいるんですよ。でもそれって、小さい子にとっては結構負担だったりするんですよね。子供って魂と体が直結してるから、すぐ体に症状が出ちゃうんです。それでも、ちょっと熱が出るとかそんな程度のことが多いんですけど、千歳くんの場合、体が弱いってこともあって、容体急変って流れじゃないかと……」

「子供のうちに唾をつけとくって……『神様』がそんな節操のねぇことすんのかよ……」

涼聖はやや腹立たしいという様子を見せた。

「落ち着け。子たちが起きるぞ」

龍神が窘めるように口を開き、そのまま続けた。

「言葉を選ばずに言うなら、千歳は『美味そう』な存在だ。好色な奴や、祀る者を失った空腹な神であれば手をつけたくなるだろう」

「きちんと社を持ち、祀られて、自身が『神』であるという自覚があればそのようなことはせぬ。少なくともわらわはせぬ。これはプライドの問題じゃ。しかし、龍神殿がおっしゃったように、祀る者をなくしたり……あとは『神未満』のモノならば、己を祀らせようと躍起になることもある」

月草が説明を加える。

「神未満……」

「どういう言い方が適当かは分からぬが……妖、と呼ばれる類だ。たいていは神の許で管理をされているが、中にはそうでないものもいる。それ以外にも目立つゆえ、一般的に『幽霊』と呼ばれるものなども縋ってくるであろうし」

琥珀が言うのに、

「つまり、千歳はいろんな奴らに狙われてるってことか……」

涼聖が確認をする。それに琥珀は頷きながら、

「特に、今は」

短く返した。

「……今、何か起きてるのか」

なぜわざわざ琥珀がそう言ったのか分からず、涼聖は問い返した。

「ここ一年、千歳殿はそういったものからの接触が強くなったと言っていたであろう」

「ああ」

「千歳殿は、間もなく八歳になる。八歳になったからといって千歳殿の魂の質がまるっきり変わるわけではないが、七歳までは神のうち、と言われているとおり、今はより我らと近いのだ。それを狙っている者たちが多くいる」

琥珀が言ったあと、伽羅が続けた。

「ただ、千歳くんの場合は、本当にこちら側に好まれる魂の質ですし、体が弱いですから『神のうち』から出てしまったとしても、体が強くなれば強い力を宿すことが可能なので、それを待ってる連中も多いと思います。っていうか、俺ならそうしますね」

その言葉に月草も頷いた。

「まあ、わらわは別の意味でなら、今でもまったくかまわぬというか大歓迎なのじゃが。今日もついうっかり触れてしまいたくなるのをどれほど堪えたことか」

月草の「ちっちゃいこ愛でモード」は千歳に対しても通常作動し、どうやら涼聖が抱いた違和感は月草が「堪えて」いたからのようだ。

おそらく堪えていたのは、強すぎる接触が千歳の負担になると分かっていたからだろう。

「我は手元に置いたとて仕方がないのでな。祠(ほこら)も持たず、我自身力を蓄えておる最中ゆえ、宝の持ち腐れにしかならぬ。そうでなくば、とは思うが」

龍神はやや蚊帳の外であるような発言をするが、千歳が神様好きする体質であることは分かった。

涼聖はしばらく考えたあと、

「千歳は、普通の人に見えないものが視えることを怖がってる。それは、仮に八歳になったとしても変わらねぇんだろ？　だったら、俺としては、まずそれを何とかしてやりたいと思う。視えなきゃ、学校へ行ったりもできるようになると思うし……それは、なんとかできねぇのか？」

手立てがないのかを聞いた。

「前にも言ったが、ただ視えなくするだけならば可能だ。だが、それだけですむ問題ではないとも言ったのを覚えているか？」

琥珀の言葉に涼聖は頷いた。

「ああ」

「千歳殿から視えなくなっても、千歳殿に吸い寄せられるように近づいてくる輩は変わらぬのだ」

「つまり、千歳くんは視えないけど、こっちからは見え放題で触り放題なんで、魅惑の目隠しプレイみたいな状況になっちゃうだけなんですよね。今までは視えてることで避けられたことが、視えなくなったせいで避けられなくなることも増えるんで、表面上は普通に過ごせても、状況が悪化しちゃうって可能性は高くなります」

「伽羅、分かりやすく説明してくれてんのは分かるけど、目隠しプレイってなんだよ……。おまえ、品性を疑われるぞ？　一応高位の稲荷なんだろ？」

涼聖がため息とともに突っ込む。

「涼聖殿に一番分かりやすいように心を砕いてるんですよー？　まあ、俺も口にして後悔はしたんですけど……琥珀殿の視線が冷たくなったんで」

伽羅はそう返したあと、

「なんで、視えなくするだけっていうのは、有効策じゃないんです。で、その他の対応策なんですけど、相手から完全にマスキングするって方法があります。ただ、これは能力を完全に閉じることになるんで……本人が望むならそれでいいですけど、個人的には魂の質が本当にいい子なんで、それをするのは惜しいっていうのが本音ですね」

一つ目の対策を挙げ、そうして、

「もう一つは、誰かの保護下に置くことです。そうすることで、滅多な連中は手出しできなくなりますが、こっちの世界と強く繋がることになるんで、将来的にこっちの業界に近い仕事に就いてもらうことになります」

と、説明した。

「そっちの業界と近い仕事って？」

「神職とか、仏と繋がるならお坊さんとか……。あとは、視えたりしちゃう力を使って、人助けをするとか、そういう感じです。なんで、将来なりたい職業があるならお勧めできない感じですね。今はなくても、成長とともになりたいものができるかもですし……」

その言葉に涼聖は考え込んだ。

まだ七歳の千歳に、将来を限定されるようなことは可哀想だろう。

かといって今のままでいいとも思えない。

染乃がここに来るように助言したのも、現状を何とかしてやりたいという気持ちからだろう。

「一番大事なのは、千歳殿が健やかに育つことだ」

沈黙の中、琥珀は言い、

「そのためであれば、ここにいる我らは皆、助力は惜しまぬ」

視線を他の面々に向ける。それにみんな頷き、現状ではこれ以上話しあっても何も生まれないということもあって、そこで解散になった。

部屋に戻った涼聖はベッドの中で、いつ千歳にそのことを切り出せばいいのか悩んだ。

何事もなく数日が過ぎ、あっという間に次の診療所の休みの日が来た。

この日も朝から陽は千歳と一緒に遊んでいたが、リバーシで何度も対戦して頭を使いすぎて疲れたのか、昼食後に満腹なのも手伝って昼寝を始めた。

その間、千歳は縁側に座り、シロと一緒に本を読んでいた。

「千歳殿、シロ殿、読書中か」

そこに琥珀がやってきて声をかけ、千歳の隣に腰を下ろした。

「はい」

「いま、しょうこうし、をよんでもらっているのです」

涼聖たちが診療所に行っている間、千歳はよくこうやってシロと読書をしている。読んでいるのは千歳が家から持ってきた小公子で、読みかけていたそれを千歳はシロのために最初から読み直していた。

「『小公子』？　聞き馴染みのない言葉だな」

琥珀が首を傾げると、

「公子というのは、きぞくの男の子のことで、主人公が、きぞくのようにりっぱにふるまって、小さな公子のようになさいって言われて、それを守りながらいろんなこんなんに立ち向かっていくお話なんです」

千歳が説明すると、琥珀は頷いた。

「小さな貴族、というわけだな」

「さきが、とてもたのしみなのです」

どうやらシロも夢中らしい。

「千歳殿は本がお好きか？」

「はい。いろんな国のこととか、いろんな時代のこととか……知らないことがたくさん知れておもしろいです」

「時代をさかのぼることはできぬが、本で読んだ国になら行くこともできるだろう。行ってみたいところなどもあるのではないか？」

琥珀が問うと、千歳は困ったような顔をした。

「……体がじょうぶじゃないから、あんまり遠いところは…。外国でたおれちゃったりしたら、お父さんもお母さんも大変だし」

「ご家族と離れてしばらく経つが、寂しく思うことはないか？」

両親についての言葉が出たので、琥珀は流れで聞いてみた。

「けいたい電話できのうも話したし……みんな元気そうです」

そう言ったあと、少し間を置いて、

「ぼくがいないほうが、みんなふつうに過ごせるし……」

呟くように言った。

「千歳殿の中に、わだかまりがおありのようだな」

「わだかまり…?」

千歳にはやや難しい言葉だったらしいが、すぐにシロが、

「むねのなかでモヤモヤとしていたりするようなことです。ちとせどのが、ごかぞくにたいして、くちにはだせないけれど、おもっていることがおありではないかと」

分かりやすく説明する。

「涼聖殿にも言いづらいことであれば、私が聞こう。こう見えて、一応は神様なのでな。人の願いや悩みを口外はせぬ」

琥珀は滅多に自分のことを「神様」と誇示するようなことはしない。ただ、千歳が話しやすいように言い、優しく微笑んだ。

それに千歳は、少しの間逡巡するように目を伏せていたが、ややしてから口を開いた。

「生まれた時から、体が弱くて、にゅういんしたり、きゅうきゅう車で運ばれたり、何回もあって…それだけでもいつも心配をかけてるのに、みんなに見えてないものがみえたりしちゃうから、もっと心配させて……みんなにめいわくしかかけないいんじゃないかって」

「誰かにそのように言われたか?」

「ううん……。お父さんもお母さんも、やさしいし、心配してくれてる。でも、ぼくがふつうじゃなくて、ごめんなさいって、いつも思う。いもうとやおとうとはぼくとちがってふつうで……。

ぼくみたいなのは『ふりょうひん』って言うんだって。だから『ふりょうひん』のぼくじゃなくて、ふつうのちゃんとした子供がほしかったのかなって思うこともある」

「それはない」

千歳の言葉を、琥珀が一言で否定した。

「『不良品』という言葉は、ご両親から言われたことか？」

「ううん……。でも、にゅういんしてたときに、おなじへやだった子のお母さんが、その子に言ってたの。だから、ぼくもそうなのかなって」

「世の中にはいろいろな人がいる。そのように思う人も中にはいる。私は千歳殿の父君のことをよくは知らぬが、涼聖殿と千歳殿を見ていれば、どのような人かは大体分かる。そのようなことを考える人ではないだろう。どのようにすれば千歳殿にとって一番よいかを考えこそすれ、な」

琥珀はそう言ったあと、

「千歳殿も、しばらくともに過ごして、いい子だということはよく分かる。ご両親は、千歳殿のような子供ならばもっといてもいいと思い、さらに子供を持つことを望まれたのだろう」

優しく諭すように話す。

「……そう、でしょうか…」

問う千歳の目は不安げだった。

それに琥珀は優しく微笑むと、

「千歳殿は、自分の名前を漢字でどのように書くか御存じか？」

不意に聞いた。

「数字の『千』に、むずかしいほうの『さい』とか『とし』とか書くほうのだって」

「そう。千の歳と書く。体が弱く生まれたそなたが、千年、歳を重ねられるように。それほどまでになれるよう健やかに育つようにとの祈りを込められた名前だ。……そのような名前をつけた、ということが、そなたへの思いを表しているのではないかと私は思う」

琥珀の言葉に、千歳は眉根を少し寄せる。

泣くのを我慢しているような、そんな表情だ。

そんな千歳に、

「陽は、千歳殿にずいぶんと懐いている様子だ。今日も朝からずっと一緒だったが……勉強の邪魔などをしてはおらぬか？」

琥珀はそっと話を変えた。

「……だいじょうぶ、です。かていきょうしの先生のしゅくだいは、もうぜんぶ終わっちゃったから……」

「伽羅から、かなりの量があるようだと聞いていたが、もう、か」

「ここにいると、へんなのがこなくて……気がちらないで勉強できるから、それで」

千歳がそう返事をすると、

「ちとせどのは、とてもゆうしゅうなかたなのです。べんきょうねっしんで、われがいたころであれば、がくしゃとして、しろへ、とのさまにめしだされたのではないかとおもいます」

シロが千歳のすごさについて、自慢するように説明する。

「シロ殿がそこまで言うのであれば、そうとうなようだ。……先が楽しみだな」

琥珀は笑って千歳の頭を優しく撫でる。

その手の温かさは、すっと千歳の中に入り込んで、なぜか不思議に気持ちが落ち着いていく気がしたのだった。

7

その週の土曜、琥珀と伽羅は診療所の午前診療が終わってすぐに、白狐からの要請を受けて本宮へと向かった。

明日の夕方に戻る予定だ。

その間、陽と千歳もちょっとしたお泊まり会に誘われていた。

体が丈夫になるまで旅行に行けない、という千歳の話を聞いた孝太の発案で、

「三人で、師匠のツリーハウスでお泊まり会しないっスか！　この時季なら、湯たんぽ入れた布団で寝てたら大丈夫だと思うんス」

ということになり、佐々木にツリーハウスの使用許可を取ったところ、お祭り騒ぎの大好きな大人のツリーハウス友の会が黙っているわけがなく、夕食はバーベキュー大会が開催されることになった。

琥珀と伽羅がいないというのも知られており、

「夕飯代わりに先生も食って行きな」

佐々木の提案で、涼聖も往診のあと、バーベキュー大会に参加することになっている。

昼食を終えてから、バーベキューの時間まではというと、孝太を先頭に陽、千歳の三人は集落

探検に出ることになった。

佐々木からバーベキューで食べられそうな山菜を採ってこいとの命も下っているため、気分は宝探しだ。

「陽ちゃん、これって食べられるやつっスか？」

とはいえ、都会育ちの孝太と千歳には食べられる野草の知識はないため、もっぱら陽頼りである。

「それはだいじょうぶ」

「陽ちゃん、山菜のこといっぱい知ってるね。すごい」

折り紙のことなどで尊敬している千歳に褒められて、陽は嬉しくなる。

「さいしょは、こはくさまにおしえてもらったの。それから、しゅうらくのおばあちゃんたちにも」

「この辺のおばあちゃんたちってすごいっスもんね。山菜ハンターって勢いで、どこに何が生えてくるか全部頭に入ってて」

孝太も感心しきった様子で言う。

山菜採りという名の宝探しをしながら山を下ると川べりに出た。

水遊びをするにはまだ水温が低すぎるため、川沿いに歩いていたのだが、今年は雪が少なかったことと、陽当たりのいい場所なこともあって、川べりの堤防にはつくしが生えていた。そこでつくしを摘みながら橋のある場所まで川を下って行くことになった。

「つくしも食べられるんだ……、知らなかった」

千歳が住んでいるところでも、つくしは見ることがあるが、食べられるのは知らなかった。

「俺、食べられるっていうのは知ってたっスけど、実際に食べたのはこっち来てからっスよ。大体、実家のあたりじゃ食べられるほど、採れないっスもんね」

都会っ子と元都会っ子はつくしについて語り合いながらも、手はつくしを採り続ける。

夢中になって採り進めていた時、

「おーい」

川の対岸から声が聞こえ、見てみるとそこには涼聖が立っていた。

「あ、りょうせいさんだ。りょうせいさーん！」

陽が真っ先に声を上げて、手を振る。

「もう、往診終わったんスかー？」

孝太が問うと、涼聖は両手で大きく丸を作った。

「じゃあ、俺たちもそろそろ帰るっスか。山菜もこんだけあったら充分だと思うし」

涼聖の返事を見て孝太は二人を促し、少し先にある小さな堰(せき)を渡って、涼聖のいる対岸に移動することにした。

堰と言っても本当に簡単なもので、昔、大きな石を沈めて作った簡易的なものだ。今はその上にさらに足場となる置き石をして、橋まで行くのが面倒な住民が渡るのに使っている。

手本のために最初に孝太が渡り始め、真ん中あたりで足を止めると陽を手招きして渡ってくるように促した。

置き石の間隔が大人のためのものなので、陽には少し広いのだ。そのため補助をしてやりながら渡る必要がある。

「よい、しょっと」

大きく足を開いた陽が渡ってくる。孝太はその手を掴んで引き寄せてやる。

まず、陽を渡してから次に千歳を渡すつもりでいたのだが、千歳は陽が補助なしで進んだところまでなら、と渡り始めた。

「千歳くん、無理しないでいいっスよ。陽ちゃん渡したらすぐ迎えにくるっスから」

孝太が言うのに千歳は頷いて、慎重に渡り始める。

千歳は陽よりも背が高い。その分足の長さもあるので、陽が渡ったところまでなら行けると思ったのだ。

そして実際にそこまでは行けた。

無理をすれば次の石まで行けそうな気がしたが、孝太はもう陽を連れて渡り切るところで、すぐに戻って来てくれるだろうから待とうと思った。

しかし、

「あっ!」

不意に千歳は何かに足を掴まれ、置き石から足を踏み外した。

その勢いでバランスを崩し、千歳は川に落ちた。

大きな水しぶきが上がり、顔を濡らす。それだけではなく、水がまるで意思を持ったように千歳の口を塞ごうとしているように思えた。

「た…すけて！　やだ、や！」

パニックに陥った千歳はそのまま溺れてしまうんじゃないかと思った。その時、

「千歳！」

「千歳くん！」

涼聖と孝太の声が聞こえて、千歳は助け起こされた。

「大丈夫か、怪我はしてないか？」

涼聖がすぐに確認をする。

「足、ひねったりしちゃってないスか？」

孝太も心配そうに聞いてくる。

「う…うん、だい、じょうぶ……」

足元を見てみれば、十五センチほどの深さしかない場所だった。

溺れそうで怖かったのに、溺れようもない深さだ。

「ごめんなさい……、ぼく…」

謝る千歳に、

「堰の向こう側に落ちたから、高低差があってびっくりしただろ？」

「思ってもないとこで転んだりしたら、パニクるっスよねー。伽羅さんの家、修理に行ってた時、床板の傷んでたとこ踏み抜いて、この世の終わりみたいな声出したことあるっスよ」

涼聖と孝太はそれぞれ言外に、気にするなと告げる。

だが、川の中を駆けつけてくれた二人のズボンはかなり濡れていた。

「本当にごめんなさい……二人の服、濡らしちゃって…」

申し訳なくて謝る千歳に涼聖と孝太は笑った。

「気にするな。乾かせばすむ話だ」

「大丈夫っスよ！　ちょっと早いけど、帰ってみんなで風呂入りましょう！」

そう言って二人は左右からそれぞれ千歳の手を取ると、もう濡れてしまってるからと開き直って、川の中を歩いて対岸へと渡った。


佐々木の家までは、涼聖の車で戻った。

千歳は車のシートが濡れてしまうからと気にしていたが、濡れたまま歩いて帰るには距離がありすぎて、千歳が風邪をひいてしまう可能性があるので、説得したが、千歳は川に落ちたことを気にしているのか、なかなか首を縦にしなかった。

そこで孝太が、山菜採りの時、地面に座ったりする時のためにと持って来ていた古新聞の存在を思い出し、それをシートに敷き、

『ここに座ればいいっスよ！』

と全開の笑顔で提案した。

孝太の大ざっぱな気遣いのようなものは、千歳のように悩みを抱えやすい性格にはなぜか有効だったらしく、納得して車に乗ってくれた。

佐々木の家に到着すると、孝太が車の中から風呂を沸かしておいてほしいと佐々木に頼んでいたおかげで、あまり待つことなく、濡れた千歳と孝太、そして陽は無傷だったがついでだからと一緒に風呂に入りにいった。

涼聖は着替えを持ってきているわけでもないし、膝下が濡れた程度だったので、バーベキューの準備の手伝いをしながら火の近いところにいると、三人が仲良く風呂から上がって出てくる頃には、かなり乾いていた。

入浴前は落ちこんでいた千歳だったが、風呂場から時折聞こえていた笑い声通り、元気を取り戻していた。

バーベキューの準備もできていたので、多少時間的には早いが長く楽しめばいいだろう、ということになり、大人のツリーハウス友の会の面々も含めてのバーベキュー大会が始まった。

とにかくバーベキューはいろいろと豪快だった。

最初は焼きそばに焼き肉、と基本的な感じだったのだが、野菜が余り始めたあたりで誰かが「お好み焼きっぽくしたら野菜も食える」と言いだした。

この時、涼聖は車で帰るため飲んでいなかったが、孝太はたしなむ程度に飲んでおり、友の会の面々は酒豪の面目躍如でこの時点で既にかなり飲んでいた。

そのため、あまり止める者がおらず、孝太が台所から小麦粉を取ってきて、

「お好み焼きのタネってこんな感じだったっスよね？」

と適当に水を入れて小麦粉を溶き、玉子を割り入れ、あまりがちになっていた野菜をそのままのサイズで投入し、鉄板の上に広げた。

かなり高温になっていた鉄板の上で、表面は大いに焦げ、水加減も間違っていたことから、もんじゃのようになったそれを、とりあえず端っこからはがして食べるよく分からない料理ができ上がった。

それでも面白いのか、陽と千歳は笑いながら、主にマヨネーズ味でそれを食べていた。

その他にも、とりあえずなんでも焼けば食える、と佐々木家の冷蔵庫で余っていた食材がいろいろと焼かれて振る舞われ、さすがの陽も「もうおなかいっぱい」と言う頃合いで、一旦お開きになった。

一旦、というのは、このあと友の会の面々はまだ飲むからである。

涼聖は飲まないので、そこで帰ることにした。

「じゃあ、俺は帰るけど、二人とも孝太くんの言うことちゃんと聞くんだぞ。あと、帰りたくなったり、何かあったら何時でもいいから電話してこい。すぐに来るから」

涼聖の言葉に、陽と千歳は「はーい」と元気に返事をした。

孝太がいるので心配はないと思うが、幼い子供が変わった環境下で寝付けなくなることはよくある話だ。

「じゃあな、おやすみ。孝太くん、二人を頼むな」

「はいっス！　先生おやすみなさい」

「おやすみなさーい」

孝太に続いて陽と千歳も挨拶を返してくる。それに涼聖は軽く手を振り、家に戻ってきた。

玄関に入ると、いつものようにシロが出迎えてくれた。

「りょうせいどの、おつかれさまです」

「ただいま。シロはちゃんと飯食ったか？」

とりあえずそれが気になって聞くと、

「きゃらどのがじゅんびしてくれましたので。……たべずともだいじょうぶなのですが、しゅうかんとはおそろしいものです。じかんがきたらたべておりました」

しみじみと言う。

人ではないシロは食べなくても大丈夫なのだが、ここで一緒に暮らすうちに食べることが習慣化してしまっているらしい。

だからこそ伽羅も準備をしていったのだろう。

食事を終えてきている涼聖は、あとは入浴をして眠るだけなので、入浴の準備を始める。

そして湯船にお湯が張られるまでの間、居間のちゃぶ台の前に腰を下ろした。

ちゃぶ台の上、涼聖の前にちょこんと座ったシロに、

「今夜はシロと二人きりだなぁ」

涼聖はしみじみと言ったが、

「りゅうじんどのも、おいでですが……」

シロは即座に突っ込んできた。

「ああ、そうだったな。基本寝てるから、存在忘れるっていうか、本当に金魚レベルの存在感っていうか」

「きかれていたら、きをわるくされますよ。わるぐちはいがいときいているものです」

シロはそう言って窘めたあと、

「ちとせどののごようすは、どうでしたか?」

どうやら気になるのか聞いてきた。

「元気にしてたよ。バーベキューでもわりとよく食ってたし、笑ってた」

「そうですか……。よかったです」

シロは少し安堵した様子を見せたが、すぐに続けた。

「せんじつ、つきくさどのがおいでになったときですが、よるにみなでちとせどののことについてはなしをされたのでしょう？　どのようなはなしになったのですか？」

「んー、とりあえず千歳が嫌なものを視ないですむようにできないのかって聞いたんだ。そしたら方法は二つあるって言われた」

涼聖はそう言って、伽羅から言われたことをかいつまんで話した。じっと聞いていたシロは一通り聞いたあと、

「ほごかにおく、というけんは、あのよるここにいたぜんいんにかのうなのですか？」

と聞き返してきた。

「具体的にどうすんのかは知らねぇけど、そうみたいだ」

「そうですか……」

シロはそう返事をしたが、どこか思案げな様子だった。

「千歳のこと、心配か？」

涼聖が問うと、

「われのしそんのことです。しんぱいなのはとうぜんです」

と、返してきた。

「そうだよなぁ……。シロは御先祖様だもんなぁ…」

しみじみと呟いた涼聖だったが、そんな涼聖に、

「ふだんわすれがちなじじつ、というようなくちぶりですが」

シロは容赦なく突っ込んできて、涼聖は苦笑いを浮かべた。

「忘れてるつもりはないんだけどな、まあ…あんまり意識はしてない。なんていうか、そういう肩書き的なもんがなくても、一緒に住んでるって事実で直接繋がってるだろ？」

「まあ、そういうことにしておきましょう」

辛口な返しをシロがした時、風呂のお湯張りが終わったのを告げる音楽が聞こえてきた。

「そんじゃ、俺、風呂入って寝るわ」

「わかりました。おやすみなさい」

「ああ、おやすみ」

挨拶をして涼聖は立ち上がり、居間をあとにした。

その夜、佐々木の家のツリーハウスで陽、千歳、そして孝太の三人はぐっすりと眠っていた。

だが、夜半過ぎ不意に千歳は目を覚ました。

いや、目覚めたというよりも半分はまだ眠ったような状態で、体を誰かに動かされているというような感じだ。

――あれ…ぼく、どうして……。

疑問に思うが、なぜか深く物事を考えることができず、千歳はツリーハウスを抜けだした。そして裏庭の木戸を抜けて、細いあぜ道を歩く。

自分がどこに向かおうとしているのか、まったく分からなかった。

何しろ土地勘などないに等しいし、細い、欠片（かけら）のような三日月がわずかに顔を見せているだけの夜は暗く、道すら定かではない。

しかし、千歳の足は勝手に歩みを進め――そして、昼間に落ちた川へと辿り着いた。

堤防を下り、川辺に立つと、千歳が足を踏み外したあたりに自分と同じような年頃の男の子が立っているのが視えた。

暗い色の着物から覗く手足は千歳と同じくらいに細かった。

『あそぼ……』

手招きとともに声が聞こえる。

行きたくないのに、千歳の足は勝手に水の中を進み始めた。

そして、川の中に立つ子供が差し出す手を掴んだ瞬間、千歳はいきなり溺れるような感覚に陥った。

鼻からも口からも水が入ってきて、苦しくて仕方がないのに指一本動かない。

目の前で子供が笑う。

『あそぼ…ひとりはさみしいから……いっしょにあそぼ…』

聞こえる声はやけに鮮明で、しかし意識がかすみ始め、もう無理かも、と思った瞬間、千歳の体を誰かが抱き上げた。

「……っ…ふ、げ…ふっ…ふ……」

いきなり肺に流れ込んできた空気に千歳は噎せる。

倒れ込みそうになる千歳だが、それを防ぐように力強い手が千歳を抱きとめていた。

『あそぼ……いっしょ…』

また着物姿のあの子供の声が聞こえたその時、

「失せろ」

自分を抱いている人物が一言、言った。

その声とともに子供の姿が消え、ぼんやりとしていた世界が急にクリアになった。

千歳が見上げると、自分を助けてくれたのは男のようだったが、黒いフードを目深に纏ってお
り、顔はよく分からなかった。

ただ、目が赤いのだけは、なぜかはっきりと見えた。

「美味そうに育ったな。だが、今はまだ時じゃないそうだ。……かっさらわれたところで、俺の知ったことじゃないがな」

男はよく分からないことを言った。

誰、と千歳が問おうとした時、川沿いの道路に車が停まる音が聞こえた。その音に男は、

「忘れろ」

とだけ言って、そのまま姿を消した。

川の中に茫然と立ち尽くす千歳の目に、懐中電灯を持った涼聖が車を降りて来るのが見えた。

懐中電灯の灯りが川面を照らし、やがて千歳の姿を捉えた。

「千歳！」

声とともに涼聖が川の中を進んでくる。

その肩にはシロが乗っているのが見えた。

「千歳、大丈夫か？　こんなに濡れて……」

頭の先からずぶ濡れになっている千歳に涼聖は心配しながら様子を窺う。

「……赤い目が、助けてくれたの」

「え？」

何を言ったのか涼聖が問い返す間もなく、千歳は気を失った。

「りょうせいどの、だいじょうぶです。いのちにべつじょうはないようすです。たましいはちゃんと、はくのなかにおさまっています」

涼聖の肩に乗ったシロが冷静に言う。

「とにかく、いえにもどりましょう。おふろにはいりなおさねば、ちとせどののからだがしんぱいです」

「ああ、そうだな」

涼聖は言うと川の中に座り込んでしまった千歳の体を抱き上げ、車へと戻り、家に急いだ。


千歳は家に戻って来て間もなく意識を取り戻した。

風呂に入れ直し、着替えさせたりして落ち着かせたあと、客間で涼聖は何があったのか聞いた。

だが千歳は何も覚えていない様子で、

「わからない……気がついたら、あそこにいたの…」

としか言わなかった。

「ツリーハウスから、どうやって出てきたんだ？　孝太くんや、陽は？」

そう聞いてみたが、千歳は頭を横に振るだけで、まったく何も覚えていないようだった。

「ごめんなさい……」

覚えていないことに罪悪感を覚えた様子で、千歳が謝る。

「いや、謝らなくていい。無事でよかったよ……」

涼聖はそう言ったあと、携帯電話を取り出し、メールを打ち始めた。

「りょうせいどの、きゅうにどうしたのですか」

突然の行動にシロが問うと、涼聖は操作を続けながら、

「孝太くんに、千歳が家に戻って来てるって連絡しとく。朝になって、何の連絡もなくいなくなってたら心配かけるからな」

千歳から連絡があって連れて帰ったことにして、不審がられないように、親元から離れているので、少しホームシック気味で、夜中に目が覚めた時に急に不安になったみたいだ、ともっともらしいことを適当に書いた。

そして送信されたのを確認して、千歳に目をやると、千歳は座ったままうとうとと船を漕いでいた。

「眠っちまったか」

「りょうせいどのがおいでなので、あんしんされたのでしょう」

「このまんま、朝まで眠れるかな」

涼聖は言いながら、千歳の体を布団に横たえさせた。

「だいじょうぶだとおもいます。ここは、こはくどののけっかいのうちですし、それをやぶり、

なにものかがはいってこようとすれば、りゅうじんどのもおきづきになります」

「そうか……。千歳、よく眠れよ」

優しく声をかけた涼聖は、千歳の枕元に立つシロを見た。

「シロ、おまえも寝たほうがよくないか？」

「いえ、われはこのまま、ちとせどののようすをみます。ここはわれにまかせて、りょうせいどのはへやにもどっておねむりくださいい」

シロの言葉に甘えていいものかどうか悩んだが、不感症の称号をほしいままにする涼聖が起きていたところで千歳に危機が迫っても気づいてやれないだろう。

今夜の千歳の異変に気づいたのもシロだった。

涼聖はシロに叩き起こされ、シロに案内されるまま車を走らせただけだ。

「じゃあ、あとは任せた。何かあったら、起こしてくれ」

涼聖はそう言って、自室へと戻った。

8

琥珀と伽羅は、翌日の三時過ぎに帰ってきた。

黙っているわけにもいかないので、夜中の千歳の件を話したあと、客間でシロと本を読んでいた千歳の許に向かい、改めて何が起きたのかを聞いた。

だが、千歳はやはり何も覚えていなかった。

「気がついたら川にいて……またすぐわかんなくなって、次に目がさめたら、家に帰ってきてた。涼おじさんにおふろに入れって言われて……」

そう答えた千歳は、何も覚えていないことに申し訳のなさを感じたのか、俯いて小さな声で「ごめんなさい」と謝る。

「いや、何も謝ることはない。夢うつつのことは、覚えていないことも多い」

琥珀が言うのに続いて、

「そうですよー。夢って起きた直後は覚えてるのに、五分もしたら忘れちゃうでしょ？　それと一緒です」

伽羅も軽い口調で言ったあと、

「ちょっとだけ、記憶を直接覗かせてもらっていいですか？　痛かったりはしませんし、夜のことだけしか見ませんから」

大したことではない、という様子で問う。それに千歳は小さく頷く。

最初に琥珀が千歳の額に手を押し当て記憶を探ったが収穫はなく、次に伽羅が試したが、やはり千歳が思い出している以上の記憶はなかった。

「……ふむ。やっぱり分かりませんねー」

伽羅が「ざんねーん」とでも付け足しそうな軽い口調で言う。

「記憶の表層に止まらない程度のことであったか……それとも消されたのか」

琥珀が思案顔で言うのに、

「だとしたら、かなり巧妙に消されてますね。不自然さをまったく感じないといえば嘘になりますけど、かといって意図的かと言われても困るっていうか」

伽羅も頷きながら返す。

「そのあたりを詳しく調べるってわけにはいかないのか？」

涼聖が問うと、伽羅は渋い顔をした。

「できないわけじゃないですけど、お勧めしません」

「なんでだよ」

「千歳殿に負担がかかるのだ。幸い、今の千歳殿には問題は起きていない。それならば、わざわざ千歳殿に負担をかけてまで探る必要はないだろう」

琥珀が説明するが、医者として病気の原因を突き止めるのが性になっている涼聖はどこか納得しきれない様子を見せた。

その中、

「たしか、あかいめがたすけてくれた、とおっしゃっていました」

シロが昨夜の千歳のことを思い出し、言った。

「え、そんなこと言ってたか？」

涼聖の記憶からは飛んでいる言葉だった。

「はい。りょうせいどのとかけつけたときに。ちとせどの、なにかおぼえていらっしゃいませんか？」

シロが問うが、千歳は頭を横に振った。

「わからない……」

「つか、あの真っ暗な中で、何かの動物だったとして目の色の判別つくか？　光ってなきゃ色も分からないだろ？」

涼聖の言葉に、それもそうですね、とシロは考え込む。

「俺が川へ近づいた時の、車のランプが目に見えた、とか……？」

「その可能性もなくはないと思いますけど……。目じゃなくて芽だった可能性は……ないですよね」

「あかいめ」が何を指すのか分からず、迷走した推理をする中、

「……そういえばあの場所、昼間に千歳が足を滑らせたとこじゃねぇか？」

涼聖はふと、そんな事実に行きあたった。

「……そうなの……？」

自分が川のどのあたりにいたのか分からない千歳はピンとこなかったが、

「ああ。橋の手前の、小さい堰のとこだ。昼間に千歳が足を滑らせて川に落ちた」

涼聖の言葉に、琥珀と伽羅は大体の場所の見当をつけた。その中、

「……お昼間、ぼく、だれかに足をひっぱられて…。それで川に落ちたの」

千歳がぽつりと呟くように言った。

「千歳？」

「言っても、みんなをこまらせるだけだから……。すぐに立とうとしたけど、水が、ぼくを押さえつけるみたいにして、できなくて……」

訥々と話す千歳に、

「すまぬが、もう一度記憶を探らせてもらえぬか？」

琥珀は言い、千歳は頷いた。

そして再度、千歳の記憶を探った琥珀は、しばらくしてから、ああ、と小さく呟いた。

「何か分かったのか？」

涼聖の問いに、琥珀は頷く。

「あの川で命を落とした子供が、同じ年頃の千歳殿を見かけて、遊びたかったようだ。本人に悪意はなかった様子だが……千歳殿にとっては迷惑な話だな」

そう言ったあと、琥珀はやや間を置いてから、まっすぐに千歳を見た。

「千歳殿」

「……はい」

「そなたの体質とでも言えばよいのか、他の者には見えぬものが視えてしまうことで、せずともよい苦労をしているだろう。……今後、どのようにしたい？」

突然聞かれて千歳は戸惑った。

「どのように……？」

「普通の子のように、物質として存在するものだけ見えるようにしたいというのなら、それを叶えることはできる。ただ、一生、そうなる」

「一生……」

「もう一つは、一時的に視えたり感じたりすることをしないようにしたり、視えるもの、感じるものを制限することもできる。神の誰かの保護下に入る、という方法だ。そちらを選ぶ場合、将来、望む職業に就くことを諦めねばならぬことがあるかもしれない。もちろん、今のままでいいというのなら、それでもかまわぬ」

急な問いで、千歳はすぐには答えられなかった。

「えっと……あの…」

「ああ、今すぐ答えろって話じゃないんですよー」

千歳の戸惑いを見て取った伽羅がすぐに言葉を添える。

「大事なことですから、ゆっくり考えていいんです。ここにいる間に答えを出さなくても、おうちに帰ってから、どうしたいか決まったら、そう連絡してもらえればできますからねー」

それに千歳は黙って頷いた。

だが、混乱しているのは簡単に見て取れる。

これ以上は話すべきではないし、自分たちがいるとプレッシャーになると判断し、涼聖と琥珀、そして伽羅は客間をあとにした。

最初から千歳と一緒にいて本を読んでいたシロだけは残ったが、シロも特に千歳と言葉を交わすことはなく、陽と一緒にいる時と同じように千歳の肩にただ座って、そばにいた。


陽が帰ってきたのは、それからしばらくしてからのことだった。

孝太のスクーターで送ってもらった陽は、一日ずっと遊んでもらっていたのか、御機嫌いっぱいな様子だった。

帰ってきた陽の声を聞きつけ、千歳が出てくると、同じく迎えに出ていた涼聖たちとともに、陽と孝太は談笑していた。

「あ、ちとせちゃん！　ただいま！」

「ただいまっス」

縁側に姿を見せた千歳に気づいて陽と孝太が挨拶をしてくる。

「おかえり、なさい」

千歳はそう言ったあと、

「孝太くん、夜、だまって帰っちゃってごめんなさい……」

昨夜のことを謝った。

朝になって、孝太にメールをしてあるから心配するなと言われていたが、ちゃんと自分から謝りたかったのだ。

それを聞いた孝太は、

「いいんスよ。爆睡しちゃってて、千歳くんが起きたのにも全然気づかなくて、俺のほうこそごめんなさいっス」

両手を軽く顔の前で合わせて、逆に謝ってくる。

「ボクもぜんぜんわかんなかった！」

陽が言うのに、

「陽は、一度寝たら起きることのほうが珍しいからな。健康な証拠だ」

涼聖が笑う。それに孝太も「俺も、全然起きないんで、超健康っス」と笑うと、

「じゃあ、陽ちゃんも無事送り届けたんで、俺、帰りますね」

そう言ってから千歳を見た。

「千歳くん、今度は絶対夏にね！　釣りとか、昆虫採集とか、いろいろ計画立てとくっスから」

勝手に帰ってきたりしてしまって、孝太はきっと気を悪くしたと思っていた。

だから、この前に話していた「夏」のことなど、もうないだろうと考えていた千歳は驚いた。

「おー、夏休みの定番だな。その時は頼む」

千歳の代わりに涼聖が答え、孝太はそれにVサインをして、スクーターで帰っていった。

「ぼく……だまって帰って来ちゃったのに…」

呟く千歳に、

「孝太くんはそんなこと気にするような子じゃないからな。……夏休み、楽しみだな」

涼聖が縁側に歩み寄り、千歳の頭を撫でながら言う。

「こうたくんと、なつになにしてあそぶか、とかもはなしたよ！　でも、ひみつなの。なつになったら、ちとせちゃんにおしえてあげるね」

陽はそう笑顔で言ったあと、

「りょうせいさん、ゆうごはんなに？」

すぐに話題を一番間近に迫っている夕食へと変える。

「まったくそなたは……」

帰ってすぐにそれを問う陽に琥珀は苦笑する。

「だって、もうすぐおゆうはんのじかんだよ。だから、かえってきたんだもん」

至極当然という様子で返した陽に、

「今から作るから、陽の好きなもの作ってやるぞ。何が食いたい？」

涼聖はそう言いながら陽を促して家の中に入る。

琥珀も縁側から家の中へと入りながら、そっと千歳の肩に触れた。

「千歳殿も遠慮せず、食べたいものを言うといい」

「そうですよー。陽ちゃんの好きなもので、今、冷蔵庫にあるもので作るとなると卵料理しか並ばない可能性があります」

と伽羅が言った直後に、オムレツとちゃわんむし！　と元気に言う陽の声が聞こえてきたのだった。

翌日、千歳は集落へは行かなかった。

もともと滅多に行っていなかったし、診療所が休みの日は陽と一緒に朝から遊んでいるが、それ以外の平日は基本的に勉強をしている、というのがみんなの中に定着しているので、特に何も言われなかった。

いつものように、問題集とノートを広げている千歳だが、今日は少しも進んでいなかった。

——どうしたらいいんだろう……。

千歳が何度目かのため息をついた時、

「ちとせどの、はいってていいですか?」

廊下からシロの声が聞こえた。

その声に千歳は引き戸に向かい、そっと開けると、いつも通り廊下にちまっとシロが立っていた。

「シロちゃん、どうしたの?」

「すこし、はなしをしたくて。かまいませんか?」

そう言うシロに頷いて、千歳は手のひらの上にシロを乗せ、机の前に戻った。

シロを机の上に置くと、シロは真っ白なままのノートを見てから、千歳に視線を戻した。

「なにか、かんがえごとをしていたのですか?」

胸のうちを見透かしたように言われて、千歳は頷いた。

「うん……、ちょっとだけ」

「よければ、われにはなしてみてください。はなしをするだけでも、きもちがかるくなるということもありますから」

シロに言われ、千歳は少し間を置いてから口を開いた。

「昨日、こはくさんとかに言われたことを、どうしようかなやんでるの」

「こはくどのに……。われらのようなそんざいがみえてしまうことをどうするか、というはなしですね」

「うん……」

「みえたりしないほうが、ちとせどのにとっては、きがらくなのではないですか？」

それに千歳は頷いた。

「気持ちわるいものとか、こわいものとか、そういうのがみえなくなるのはうれしい。……でも、そうじゃないのも、みえなくなっちゃうのは、ちょっともったいない気がするから」

「そうじゃないもの、ですか」

「たとえば、神社とかにおまいりに行った時、おいのりするたてもののところで、みこさんみたいなかんじで、でもみこさんじゃない人たちが、たくさんふわふわしながらはたらいてたりするの。あとは昔からある大きなさくらの木のところには、かっこいいお兄さんがいたりする。そういうのもみえなくなるのは、ちょっとさみしい気もする」

千歳はそこまで言って、一度言葉を切ったあと、

「でも、そうじゃないのがいっぱいみえちゃうのは、すごくいや。神社にいるのとか、さくらの木のところのお兄さんとかは、ぼくがみえてるってきづいても、なにもしてこないけど、そうじゃないのは話しかけてきたり、ついてきたりするから。……そういうのをみえないようにして、神社にいる人たちだけはみえるようにしてもらったら、しょうらい、好きなおしごとをできなくなるかもしれないんでしょう?」

確認するようにシロに聞いた。

「そのように、きいています。……ちとせどのは、なりたいしょくぎょうが、おありですか?」

「……ううん。今は、わかんない。大人になったら、なんて考えたことなかった」

入退院を繰り返して、ちゃんと大人になれるのか、がまず分からなかった。

登校できない状況が続いている今は、学校にすら通えない自分が何か職業に就けるなんて思えないし、そもそも、将来のことを考える気持ちの余裕もなかったのだ。

「気持ちわるいものだけみえないようにしてもらって、でも、なりたいものができた時に、それになれないのは、いやだなって。けど……そんなことを考えちゃう自分が、ものすごくわがままだって思うから……」

いいとこどりをしようとするずるさを千歳は恥じている。

しかし、話を聞いていたシロは、

「それは、ひとであれば、とうぜんのことです」

千歳の言葉をまったく否定することなく言い、そして、続けた。

「わがままかもしれない、などということはかんがえず、ちとせどのがどうなればしあわせなのか、かんがえればよいのです。そうすれば、そのしあわせにみちびかれるみちをさがせます」

思ってもいなかったシロの助言に、千歳は瞬きを繰り返し、

「すごい！　まるで、おとなのひとみたいなへんじ」

そう言って褒める。その言葉にシロは、ニコリと笑ったあと、

「われは、ちとせどのよりも、ながくいきておりますから。いえ、しんだのはもっとおさないころですが」

と奇妙な訂正をしつつ、言う。

シロの言葉に、これまでシロのことは「座敷童子みたいな御先祖様」としか認識していなかった千歳は、シロが生きていた頃のことが気になった。

「シロちゃんは、ざしきわらしになる前は、どんな子だったの？」

千歳の問いに、シロは少し首を傾げた。

「それが、あまりおぼえていないのです。なにぶん、しんだのは、もうずいぶんむかしのことですし……。うまれたころよりやまいがちで……おさないころにいのちをおとしたくらいしか」

「シロちゃんも、体が弱かったの……？」

自分とシロの共通点に、千歳は妙な親近感を覚えた。

「ちとせどののほどではなかったかもしれません。いまのいじゅつがあれば、いのちをおとすことはなかったかもしれませんが、あのじだいのいじゅつでは、いたしかたのないことです」

同じように病弱で、シロは命を落とし、自分は発達した医療のおかげで生きている。

シロだけではなく、入院中に不幸にも命を落としていく、似たような年齢の子供もいたし、もっと重い病の子供もいた。

それを思うと、千歳は、今、こうして生きているというだけでも幸運なのかもしれない、と思った。

他の人に見えないものが視えてしまう苦労はあるけれど、生きているのだから。

「……シロちゃんの分も、がんばらなきゃいけないね、ぼく」

そう言った千歳に、シロは小さく頭を横に振った。

「だれかのぶんも、などとおもわず、ちとせどのは、ただじぶんのじんせいをいきればよいのです。われはわれで、じぶんのじんせいを、いっしょうけんめいいきました」

「シロちゃん……」

「ひととくらべれば、みじかいいっしょうでしたが、おさなくしてしんだおかげでざしきわらしとなり、ほかのきょうだいが、こをなして、のこしたしそんたちと、こうしてあえて、われはとてもうれしいです。ちとせどのが、たのしくまいにちをすごしてくれれば、われはなによりもしあわせなきもちになれます」

シロの言葉は、魔法のように、千歳が物心がついた頃から抱えていたモヤモヤとした思いを、晴らしてしまったような気がした。

病気がちで、他の人に見えないものが視えてしまう。

そのことが家族の負担になっていることは、ずっと感じていた。

妹や弟の世話で大変なのに、千歳が体調を崩して入院したり、寝込んだりすれば、母親は寝ずに看病をしてくれた。

その間、祖母が来てくれて妹と弟の世話をしてくれていたが、妹も弟も、母親を呼んでよく泣いていた。

父親も、仕事がどれだけ忙しくても、入院していた頃には毎日面会に来てくれたし、今でも夜眠る前には少し話しをしにきてくれる。

みんなが優しくしてくれて、でも、自分はみんなに迷惑しかかけられなくて、だから人よりも努力しなくてはいけないと思ったし、我慢しなくてはいけないと思っていた。

そうすることで、みんなが「普通」に生活できるなら、「普通じゃない」自分は、そうしなきゃいけないと思っていたのだ。

「……ちとせどのは、どうしたいですか？」

どうしたい、なんて、考えることすらなかった。

考えても、言ってはいけないことだと思っていた。

だって、それは「我儘」でしかないから。

「我儘」なんて言っちゃいけないいと、自分の望みなんか、自分で叶えられるもの以外、持ってはいけないと、そう思っていた。

「……シロちゃん、ぼくね…」

声が震えた。

言っていいのかどうか、迷いはある。

無理な願いかもしれないと思う。

聞いたシロが呆れるかもしれないとも思う。

けれど、今、思っていることを、千歳は口にした。

「ぼく、へんなものがみえたりするの、いやだけど……ぜんぜんみえなくなるのもいやだ。今はわかんないけど、なりたいものができたら、そのお仕事もしたい」

千歳のその望みに、シロは頷いた。

「それでよいのです」

そして、そう言ったあと、ニコリと笑みを浮かべた。

「よいかんがえがあります」

その夜、陽が眠ってから、居間に涼聖、琥珀、伽羅、そして千歳と、千歳を見守るシロが集まった。

「千歳、話したいことって、なんだ?」

千歳から、話したいことがあるからと全員集合を呼びかけられたのだが、千歳はどう切り出していいか分からない様子で、涼聖が話しやすいように水を向ける。

それに、千歳は覚悟を決めたように小さく息を吸い込むと、

「今の、いろんなものがみえすぎちゃうのを、なんとかしたいです。でも、ぜんぶみえなくなっちゃうのはいやです」

自分の望みを告げた。

その望みを聞き、

「神の保護下に入る、ということになるがよいか? 将来、好きな職業に就くことは叶わなくなるかもしれぬが、それでもかまわぬか?」

琥珀が確認するように問い返す。

涼聖は、少し渋い顔で千歳を見た。

涼聖が千歳の年齢だった頃には、医者になるなんて考えてもいなかった。

進路をちゃんと決めたのは高校生になってからのことだ。

今、千歳が将来進む道を狭めてしまっていいかどうか、分からなかったのだ。

だが、

「はい」

千歳は迷いのない様子で返事をした。

それほどまでに、今の状況はつらいということなのかもしれない。

視えすぎてしまうがゆえに、満足に学校に通うこともできず、家の中ですら安心していられない。

そんな状態がこの先も長く続くのであれば、と思っても仕方がないだろう。

そして、そんな千歳に何もしてやれないのかと、そのことが叔父として涼聖はつらくもあった。

「では、誰の保護の許に入るかを決めたほうがよいな。……千歳殿ほどの素質があれば、どなたであっても喜んで引き受けてくれよう」

「ここにいる俺たちに限定しなくてもいいんですよー。たとえば千歳くんの家の近くの神社の神様がいいなら、それでもいいですし、他の神様がいいならその方でも。希望があれば聞きますし、なければ一番合いそうな神様をマッチングすることもできますからね」

琥珀と伽羅の言葉に、千歳は一呼吸置いたあと、言った。

「りゅうじん様に、お願いしたいです」

千歳のその言葉に、完全に蚊帳の外気分で金魚鉢でうたた寝していた龍神は、

「は？」

何とも間抜けな声を漏らし、他の面々も、

「え？」

なんでそうなった？　という気持ちで千歳を見つめた。

「……龍神殿、ですか」

伽羅が確認するのに、千歳は頷く。それを見やって、

「おい、龍神、聞こえてんだろ。ちょっと出て来いや」

涼聖はやや物騒気味な声で龍神を呼び出した。

とりあえず千歳に名指しをされたし、七輪であぶろうとしたり強炭酸に沈めてきたりした涼聖にキレ気味に出て来いと言われたこともあって、龍神は金魚鉢を出て人の姿になって、座った。

「……千歳、正直おまえの選択は今どきで言うと『吹っ飛んでる』としか思えぬが…」

困惑しきった様子で龍神は言った。

「えーっと、この龍神殿でいいんですか？　龍神って、この龍神殿じゃなくても、他にもいっぱいいいますよ？」

いわゆる「龍神」に憧れるというかその姿が好きだという人間は少なくない。それゆえかと思って伽羅は聞いたのだが、

「りゅうじん様がいいです。……それとも、りゅうじん様では、無理なんですか？」

千歳は不安げに問い返してきた。

「いや、そのようなことはない。我でもまったく問題はないが……」

龍神はなぜ自分が選ばれたのかさっぱり分からなかった。

可能性などないから、うたた寝する気の抜けようだったのだから。

「千歳、かつては隆盛を誇った我も、今は祠も持たず、復活するために力を溜めておるところだ。そんな我がそなたを手元においたとて、そなたの寿命のうちに復活することはないであろう。我の手元にいても、その能力を活かせることはない。宝の持ち腐れになるだけだ」

考え直せというつもりで説明した龍神だったが、そこまで言って、ピンときた。

「……それが狙いか」

そう問われ、

「ごめんなさい」

千歳は謝ったが、この際の謝罪は肯定でしかない。

琥珀と伽羅も、そういうことか、と合点がいった様子で納得しているのだが、涼聖はまったくなにがどうなったのか飲み込めなかった。

「一体どういうことか、俺に分かるように説明してくれねぇか?」

その言葉に、琥珀が苦笑しながら説明を始めた。

「龍神殿の保護を受けることで、千歳殿は龍神殿の『モノ』となる。龍神殿が人界で何かを成す際に、千歳殿が動くことになるのだ」

「それは分かってる。神職に就けってことだよな？」

「そうだ。だが、龍神殿が本来の『仕事』にお戻りになることは当分ないであろう。千歳殿の寿命のうちは、おそらく。そのため、千歳殿がその力を振るう機会はないゆえ、龍神殿の保護を受けながらも、将来的に好きな職業に就くことができるだろう」

琥珀により、事のからくりを理解した涼聖は、千歳を見て感心の息を吐いた。

「おまえ、よくそんなこと考えついたな……」

しかし、龍神は、

「誰の入れ知恵だ」

と、問いながら琥珀と伽羅を見た。

しかし、琥珀と伽羅は頭を横に振った。

千歳の告白時の驚きようは演技ではない素の様子だったたし、実際そうなのだろう。

次に龍神が視線を向けたのは、ずっと黙って成り行きを見守っていたちゃぶ台の上のシロだ。

シロは龍神の視線を受けて、にっこり笑った。

「おまえか……」

「かわいいしそんのために、ちえをしぼりました」

悪びれずに返すシロに、龍神もやや呆れた顔をした。

だが、その中、涼聖には一つ不安があった。

「千歳が龍神の保護を受けたいっていうなら、別にそれはかまわないんだが……今の龍神に、千歳を保護するだけの力って、あんのか？」

一日の大半を金魚鉢の中で眠って過ごし、起きてくる時といえば酒を飲む時と好きな料理が出てくる時だけだ。

そうやって力を溜めている最中の龍神が、本当にちゃんと千歳を守れるのかどうか、疑問である。

しかし、

「力を使うというより、『契約』だからな」

龍神は短く返した。

「どう違うのか分かんねぇ。詳しく説明してくれ」

涼聖の言葉に、龍神は仕方がないなという様子を見せながらも説明した。

「我に属する者であるという契約をすることで、それが周囲に認知される。我の『モノ』になるということは他の龍神族とも縁ができるということになるのでな。その千歳にちょっかいをだせば、他の龍神が黙っておらぬ」

「つまり、千歳が家に帰っても大丈夫なのか」

「ああ。遠く離れて住まうからといって我との契約が薄れるわけでもないからな」

一通りの話を聞いていた千歳は、

「……りゅうじん様、だめですか？」

まだちゃんとした返事を聞けていないのが不安になって、聞いた。

それに龍神は、

「家主の甥っ子の頼みとあらば、致し方あるまい」

多少威張りつつ返すが、

「やぶさかじゃないくせに」

伽羅は遠慮なく突っ込んだ。

それに琥珀は笑いながら、

「龍神殿は喜んで、千歳殿を迎えるとおっしゃっている」

千歳に分かるよう伝える。「よかったですね、ちとせどの」

龍神の許可を取りつけ、策略したシロが安堵の笑みを見せ、片方の手を上げる。

千歳はそのシロの手に指先を合わせてささやかなハイタッチを交わした。

こうして、千歳は龍神の保護下に入ることになったのだった。

9

川は静かに流れていた。

その川辺で琥珀は祈り、そして一枚のお札を流した。

千歳が足を引っ張られたというあの川だ。

流した札は堰のあたりに差し掛かった時、姿を船へと変えた。

装飾の施された、大きく美しいその船に、紺の絣(かすり)を纏った子供が乗りこんでいく。

あの日、千歳の足を引っ張ったというあの子供だ。

子供は、楽しげに笑顔で船内を見て回りながら彼岸へと渡っていった。

飢饉(ききん)で食いつめ、家族で少しでも暮らしやすい場所へと移動する最中だったのだろう。

野宿を繰り返す厳しい旅程では、子供は足手まといでしかなかった。

追い詰められた状況で、おそらくその親も、もはや正気を失いかけていたのかもしれない。

歩き疲れた足を癒そうと立ち寄ったこの川で、子供を殺した。

そんな悲しい出来事は、あの当時「よくあること」だった。

その子供が、『視える』性質を持った千歳と出会ったことで、ただ純粋に一緒に遊びたいと願い、
千歳を自分の世界に連れていこうとしたのだ。

『昼間に千歳という子が川で災難に遭ったのは気づいた』

川に来る前に集落の神社に立ち寄った琥珀は、川で起きたことについて祭神（さいじん）が何か知らないか情報を求めに行った。

最初の、親に子供が殺された件は、ここに集落ができる前、祭神がこの地に呼ばれていない頃の出来事だと分かった。

そして、あの川は境界であり、祭神の守る場所でも、またその向こうを守る土地神のものでもないという微妙な場所だ。

そこで祭神が力を使うことは、相手の土地神に対して失礼になる。

『それゆえ、涼聖殿を通じ縁続きであるそなたであれば、咎められまいと思って連絡をしたのだが……』

『本宮へ呼ばれておりましたゆえ、すみませぬ』

『いや、間が悪かっただけのことだ』

『千歳殿が「赤い目」に助けられたと言っていたのですが、何かお分かりになることは？』

問う琥珀に祭神は頭を横に振った。

『いや。こちら側に何かが立ち入ったというような痕跡すらない』

どうやらすべては境界となる川で起きたようだ。

どちらも認知されづらく、痕跡を消すのも容易だ。

結局手がかりは何一つなく、琥珀は供養がてら、現場に来れば何か分かるかと思ってやってきたのだが、祭神の言葉通り、何もなかった。

気がかりだが、現時点で追うことができる情報もないし、何より千歳も守られたので、頭の片隅に留めておくことにした。

「わぁ……本当においしそう……」

「でしょ！」

穏やかな日々が過ぎ、四月一日がやってきた。

千歳の八歳の誕生日である。

前日から伽羅が張り切って準備をし、裏庭で盛大にパーティーが開催された。

「伽羅のピザは本当にうまいぞ。今、切り分けてやるから、しばし待て」

焼き上がったピザにわくわくした様子を見せる千歳と陽、シロの目の前で、龍神はいつものごとくピザカッターで華麗に切り分けていく。

最初のピザは千歳が好きだと言ったエビの載ったもので、トッピングはアボカドとイカでソースはトマトだ。

他にもカレー、ガーリック、ノーマルと三種類の味付けのから揚げに、巻きずし、そして鉄板の卵焼きが並べられた。

「さあ、食うといい」

今日も匠の技とも言うべきカッター捌きで均等にピザを切り分けた龍神が、ドヤ顔で勧める。

陽と千歳、そしてシロ——陽の分から自分サイズに切り取ってもらった——は切り分けられたピザを手に取り、口に運んだ。

「……すごくおいしい…！」

千歳が言うのに、次のピザを焼いていた伽羅が笑みを浮かべる。

「そうですか？　よかったです。たっくさん食べてくださいね。いろんなトッピングのを焼きますから」

笑顔でピザを頬張る千歳の様子を、涼聖は何とも言えない幸せな気持ちで見つめた。

龍神との契約も無事にすみ、千歳は明日、実家に帰る。

家族と誕生日を過ごさなくていいのかと聞いたのだが、今年はここで誕生日を迎えたい、と言ったのは千歳だ。

三月下旬が近づくにつれ、ほぼ毎日、千歳はどうだ？　帰る気になりそうか？　と電話をしてきた聖史にそれを告げたところ、

『家族水入らずの誕生日を阻止とか、おまえ鬼か！』

とキレ、その背後では妹らしき幼女が「にいに、いつかえるのー？」と泣きながら言っている

のが聞こえてきた。

そんなこと俺に言われてもなと、決めたのは千歳だと言うも、そこを何とか説得するのがおまえの役目だろうと返され、面倒になったので、

「千歳、おまえの親父、モンスターペアレント化してんだけど」

と、おやすみなさいの挨拶にやってきた千歳に携帯電話を渡し、対応を丸投げした涼聖である。

千歳は、

「お父さん、あのね、みんなぼくのたんじょう日をお祝いしてくれるって、いろいろじゅんびしてくれてるの。だから、今年はこっちでたんじょう日したい……、だめ？」

大人しげないつもの口調で、けれど、意志を曲げない強さを感じさせる声で言い、了解を取りつけていた。

「おまえ、強くなったなぁ」

通話を終えて、涼聖に携帯電話を返してきた千歳にそう声をかけると、

「……シロちゃんが、自分がどうしたら一番しあわせか考えたらいいって。今年は、こっちで涼おじさんたちといっしょにたんじょう日をむかえたいって思ったから……」

迷いのない目で、そう言った。

「そうか」

「でも、たんじょう日ケーキは、おうちに帰ってから食べる。いもうとも、おとうとも、ケーキ

を楽しみにしてるから」

　というわけで、今日のパーティーにはケーキは出ない。

　ケーキは出ないが、ワッフル用のフライパンの準備がされているので、おそらくケーキ代わりに伽羅が焼くのだろう。

「涼聖殿」

　じっと千歳を見つめる涼聖に、琥珀がそっと声をかけた。

「ん？　どうした？」

「千歳殿がお元気になられてよかったな」

　琥珀の言葉に涼聖は頷いた。

「ああ。……おまえらのおかげだ」

　龍神との契約で、千歳に視えるものと近づけるものには制限がかけられたらしい。

　それで、とりあえず新学期からは学校に行くつもりでいる様子だ。問題がなければそのまま学校に通うことができるだろう。

「涼聖殿がいればこそ、だろう。そなたが私たちと接している様を見て、千歳殿に思うところがあればこその変化だ」

　琥珀はそっと言った。

「そう言ってもらえるとありがたいが……伽羅あたりは『俺、超ないがしろにされてます！』っ

ARMY
UNIVERS
pqrstu

て怒りそうだな」

涼聖の言葉に琥珀は笑った。

その時、二枚目のピザが焼き上がり、

「りょうせいさん、こはくさま！　にまいめ、やけたよ！」

ピザ釜の近くに陣取った陽が、龍神がカットするのを待ちながら声をかけてきた。

「おう、頼む」

その声に千歳が元気に、

「こはくさんのも、持っていきますね」

と返すのに琥珀も微笑んで返した。


翌日、千歳は帰って行き、約一ケ月ぶりに香坂家は通常の人数に戻った。

陽は少し寂しそうにしていたが、夏休みにまた来る、と千歳が話していたこともあり、シロと夏休みには何をするか相談をするうちにテンションが上がっていった様子でほっとした。

いつも通りに最後に風呂を出た涼聖が部屋に戻ると、琥珀が部屋で待っていた。

「どうした？　なんかあったか？」

基本的に琥珀が涼聖の部屋にやってくることは、そういうことをする夜を除いてはない。そして、今夜はする夜ではないのだ。

ということは、何か用事があるのだろう。

「何かあったというわけではないが、少し話しておきたいことがある」

真面目な――琥珀はいつも真面目なのだが――声で言う琥珀に、

「なんか、声のテンション的にいい話題じゃなさそうで怖いんだけどな」

涼聖は言いながら、琥珀が座すベッドの隣に腰を下ろした。

琥珀はやや間を置いて、

「千歳殿とともにいる涼聖殿の姿を見ていて、もし私と出会わなければ涼聖殿は結婚をして家庭を持ち、子供ができているのかもしれぬのだと、そう思った」

そう告げたが、涼聖は首を傾げた。

「家庭ならこうして持ってるし、子供も陽がいるだろ。シロは…御先祖様だからちょっと俺の中で立ち位置が微妙だけど」

冗談ではなく、本気で涼聖はそう言っている。それは琥珀にも分かる。だが、琥珀は問い重ねた。

「自分の血の繋がった子供はいらぬのか？」

子孫を残したい、というのは人間の欲求の一つでもある。

これまで、琥珀もよく聞き入れてきた願いだ。

しかし、涼聖は、

「琥珀が産んでくれるっていうなら欲しいけどなぁ……っていうか、できたりは」

期待のこもった目で見返してくる。それを、

「せぬ。そもそも、生物学上無理な話をするな」

琥珀は一蹴した。だが、それくらいで諦めないのが涼聖でもある。

「試さないと分からないだろ？　おまえの尻尾がもっといっぱい増えたら、奇跡が起こるかもしれないじゃないか」

そう言うと琥珀を押し倒した。

「涼聖殿……」

呆れと非難を込め、名を呼ぶ琥珀に、涼聖は苦笑いした。

「今夜はする日じゃないってことも、真面目に話をしに来たってのもちゃんと分かってる。けど、おまえじゃない誰かと所帯を持つ、なんて考えてもいねぇし、俺の直系の子孫はいなくても、兄貴らのとこに子供がいるから、そんで充分だ」

「涼聖殿」

「それに、まさかこんなに長いこと禁欲生活を送ることになると思ってなかったから、正直限界だしな」

琥珀の部屋は陽と隣り合っているため、そういうことをするのは涼聖の部屋と基本的には決まっている。

だが今回は涼聖の部屋に近い客間にずっと千歳が滞在し、物音で起きてくるかもしれないと思うと、そういうことはできなかったのだ。

「本当に悪いと思ってる」

「……まったくおまえは仕方がない」

不器用な琥珀の諾の返事に、涼聖はゆっくりと口づけた。

触れるだけの口づけを何度か繰り返したあと、涼聖は琥珀の額に自分の額を押し当てた。

「琥珀……、おまえが『俺の幸せ』について、いろいろ考えてくれてんのは分かる」

静かな声で涼聖は言った。

「涼聖殿…?」

「もし、ここに来なかったら。もし、おまえと出会わなかったら。……俺の性格的に、多分、それならそれでちゃんと幸せだって思えるように暮らしてただろうと思う。けど、今、俺はここにいて、おまえと一緒にいられることが一番幸せだ」

さっき、途中でごまかしたようになったのを、涼聖は気にしていたのか、気持ちを改めて口にしてきた。

「涼聖殿」

「それに、世の中には子供がいなくても幸せにやってる夫婦も数えきれねぇくらいいる。……俺たちも、似たようなもんだ。いや、俺たちには陽がいるんだから、幸せじゃないはずがないだろ」

涼聖の返事に、琥珀は胸のうちで、ああ、とため息をつく。

涼聖の幸せを案じる気持ちに嘘はない。

だが、本当は自分が不安だったからなのだと思った。

涼聖が自分といて幸せなのかどうか分からなくて。

「だから、心配すんな」

涼聖は薄く笑ってそう言うと、再び琥珀に口づける。

それは先ほどのような触れるだけのものとは違い、奪うような深いものだった。

何度も角度を変えて貪るような口づけを続けながら、涼聖は琥珀の着物の帯をほどいた。

そして前をはだけると手を脇腹へと滑らせる。

涼聖が触れてくる感触に、琥珀は体を震わせたが、口づけは止まず、くぐもった声が唇の隙間から漏れただけだった。

脇腹から腰骨を辿った手はやがて琥珀自身を捕らえると柔らかく握りこんでくる。

涼聖が禁欲していたということは、当然琥珀も同じだ。

触れられただけで自身があっという間に熱を帯びていくのに、琥珀は羞恥を覚えた。

「……っ…りょう、せ…どの」

あまりの恥ずかしさに、待ってくれと言いたくて顔をそむけ、無理に口づけから逃れる。

しかし、そんなことは涼聖にはお見通しだったらしい。

「待て、とか、無理だからな」

「りょ……っ…あ、あっ！」

言葉とともに自身を揉みこまれて、琥珀は甘い声を上げる。

ゆっくりとした動きで、自身の付け根から先までを上下に、絞りあげるようにして扱かれて、琥珀自身からはぬるついた蜜が溢れ始めた。

ぐじゅ、じゅぷ…と、水音が響くのが淫らで、琥珀は頭を横に振った。

「ぁ…あ、……っ…あ」

少し強めに握りこまれて、けれど、痛みを覚えるほどではない強さで、速度を上げて扱き始める。

「や…っあ、あ、…ぁあっ」

それに合わせるように溢れる蜜が増え、響く音は先ほどよりも大きくなった気がした。気持ちがよくて、上がる声も止められず、琥珀は両手で口元を押さえた。

「……ぅ…、んっ、んぁ……あ」

もちろん、抑えきれるものではないということくらい分かっているが、そうせずにいられるほど、まだ理性は飛んでいない。

そんな琥珀の様子に涼聖は薄い笑みを浮かべながら、琥珀自身への愛撫を強くした。

「…っあ…、…ぁあっ、あ、っ…」

荒くなったと思えるほど強い手の動きに、琥珀の背筋を、ゾクゾクとした感触がかけ上ってくる。

「は……、あ、あ…っ、もう……」

「ああ、我慢しなくていい」

小刻みに体を震わせる琥珀の様子から限界を見て取った涼聖は、そう言うと琥珀自身の先端を親指で強く擦りあげた。

一番敏感な場所への愛撫に琥珀自身が弾けて蜜が噴き出す。

「ぁっ……、あ！　あ……」

触れられるまで琥珀に自覚はなかったとはいえ、長い禁欲生活のせいか、射精はいつもより長く続いた。

そして、その間も涼聖の愛撫はやむことはなく、すべてを絞りとるように扱きたててくる。

「ん、ぁ、ぁ…っ、は、ぁ…」

琥珀がすべて放ち終えて、やっと涼聖の手が止まる。

長い絶頂から解放されて、強張っていた体を弛緩させた琥珀に、涼聖はどこか申し訳なさそうな顔をした。

「悪い、休ませてやれない」

その言葉の意味を琥珀が理解するより先に、涼聖の濡れた指が二本、琥珀の中へと入りこんできた。

「ぁ……っ」

自身への愛撫だけで、既に解けかかっていた肉襞は、最初から二本の指を飲み込んだ。そして刺激を求めてその指を締め付ける。

「琥珀……奥まで、してやれないから」

力を抜け、と暗に言われても、もう琥珀には自分の体をコントロールすることはできなかった。指を食んだそこは、勝手に蠢いて快楽を貪ろうとしていた。

「ふ……、っあ、あ……っ」

そんな琥珀の様子に涼聖は苦笑しながら、中の指の位置を強引に思える強さで少し変えた。そして、そのまま探り当てたその場所を指の腹で擦り始めた。

「あっ、あ……！　あぁっ、あ、ひ、あぁ…」

浅い場所にある、自分の弱い場所だと理解した時には、もう襲ってくる快感に琥珀は翻弄されるしかなくなっていた。

涼聖の指が繰り返し、その場所を擦りあげたり、押したり、二本の指で挟み込んできたりする。

その刺激に、琥珀は堪えきれずに嬌声を溢れさせた。

「ああ、あぁ…っ　そこ、ぅっ…あ、ぁっ！」

体が勝手にビクビクと震え始めて、そのうち涼聖の指の動きは激しくなり、どんどん琥珀を追い詰めていく。

「ゃあぁ……っ、あぁっ、あ！」

ぐじゅぐじゅと酷い水音が立ち始めて、いたたまれないのに気持ちがよくて、琥珀の体が跳ねた。その自分の体の動きで逆にまた追い詰められて、イイところを強く抉ってしまう。

「あっ……、あ…、も…あ、ぁ…！　あぁぁっ、……い、く、…ぅ…あ、あっ」

「何度でも、好きなだけイけばいい」

蕩けて熟れきった肉襞が微妙な痙攣（けいれん）を始める。涼聖はその中を乱暴に思えるような強さで抉った。

「ああっ、あ……！　ああっ」

ガクッと大きく腰が跳ねたあと、肉襞がきつく閉まる。その直後に襲ってきた大きな愉悦に琥珀は飲み込まれた。

「…っ、ぁ…っ、…！　っはぁ…っ…」

まともな声など出ないほどの絶頂だった。しかし、涼聖の指は止まらずに刺激を与え続けてきて、そのたびにまた絶頂を迎えてしまう。

イっている最中の責めは強すぎて、琥珀の目から涙が零れ落ちた。

「可愛い……」

涼聖は零れ落ちた涙を舌先で舐めてぬぐい取るとようやく指を引き抜いた。

それでも絶頂の余韻で、琥珀の痙攣は止まらなかった。

びくびくと、小さな震えの止まらない琥珀の両足を大きく開かせると、涼聖は下着ごとスウェットパンツを押し下げ、すでに猛りきっていた自身を、蕩け切った琥珀の後ろへと押し当てた。

「っ……ま、…だ」

余韻の引かない状況で貫かれるのだ、と理解した琥珀は訪れるだろう強すぎる悦楽を予測して、まだ待ってほしいと言いかけた。

だが、言葉が追いつく間もなく――追いついたとて涼聖が止めることはなかっただろうが――涼聖自身が一気に奥まで押し入ってきた。

「ぁ――……っ、あ、あ!」

散々指でいたぶられたイイ場所も、その奥の指で触れてもらうことができなかった肉襞も、すべてを擦られて、琥珀の体がまた絶頂を呼び戻す。

「あ、ああっあ、あぁ」

あられもない濡れた声が上がる。だが、奥まで埋め込んだそれを、締め付ける肉襞を振り払うように涼聖は引き抜いていく。

酷くゆっくりと引き抜かれていく感触に琥珀の全身が粟立つ。

些細な刺激でしかなくとも、達した状態のままの琥珀には毒だ。

気持ちがよくて仕方がなくて、それなのに、穿つものが消えた場所が焦れてうねり始める。

そうなることも、涼聖はよく知っている。

琥珀の体をそんなふうにしたのは、涼聖だからだ。

「ぁあ…あ、あ」

悦楽と焦燥の混ざった声を上げる琥珀を見下ろし、涼聖は琥珀の腰をしっかりと摑むと、勢いをつけてまた一番奥まで貫いた。

「あああっ、あ……！」

嬌声を上げた琥珀自身から、ぴゅるっと蜜が溢れる。

「もっと…悦くなっていいから」

涼聖は熱っぽい声で囁いて、最奥を繰り返し突き上げた。

じゅぶじゅぶと濡れた音が響いて、一番奥を涼聖の先端で叩かれるたびにドロドロの悦楽が琥珀を襲う。

「うぁ…、あ、あ……っ！　あ、あ…とけ…る、あ、あ、あぁあああ！」

ガクッガクガクッと琥珀の体が震え、そのまま琥珀は深すぎる愉悦に飲み込まれた。

「ぁ——…あ、ああ、あ、あ……」

体中が震えて、頭の中も体もドロドロに蕩けているのに、涼聖の動きは止まることがなく、琥珀を犯し続ける。

「や……あ、あ、ああっ、あ！　ああぁっ」

もう、自分の唇から漏れている声が音になっているかどうかすら分からなかった。

何度達しても終わらなくて、気持ちがよすぎて、苦しくて。

そんな中、琥珀、と涼聖が名前を呼ぶ。

その声を認識できたことすら奇跡だと思いたいほどの状況の中、何とか目に像を結んだ涼聖の唇が、

「あいしてる」

酷く真剣な声で告げた。

それと同時に、熱塊を体の奥に打ちつけられて、そしてその熱が弾けた。

「っ……」

「あああっ、あ、あ、あ……」

びゅるっと体の中に熱いものが広がり、そのままどぷどぷと注ぎこまれる。

その感触に琥珀はヒクヒクと震えながら、ゆっくりとやってきた静寂に意識を落とした。

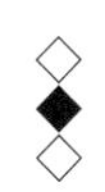

数日後、すっかり日差しが春めいてきた縁側で、珍しく金魚鉢の外に出てきた龍神は、普段はほとんど興味を示すことがない新聞を、ぴらぴらと鼻歌交じりにめくっていた。

「ずいぶんとご機嫌だな。なんかいいことでもあったのか？」

居間に置きっぱなしにしていた携帯電話を取りに来た涼聖は、その姿に声をかける。

「特に何があったというわけではないが、千歳がな」

「千歳になんかあったのか？」

龍神の機嫌のよさを考えると、千歳の身に不吉なことが起きたわけではないというのは分かるが、大事な甥っ子のことなので、聞いてみる。

「いや…。千歳に我の札を渡しておいたのだ。小さくてよいので祀る場所を作り、時折でも祈ってくれれば、我と千歳の絆が太くなるし、我の回復の一助にもなる、とな。幼き者ゆえ、どの程度実行してくれるかわからぬのであまり期待せずにいたのだが、律儀に毎朝毎晩、祈ってくれておるゆえ、気分がいいのだ」

龍神が上機嫌なのは喜ばしいのだが、

「なんか、千歳を嫁に出したみたいな複雑な気分になるんだけどな、俺」

涼聖はため息をつきつつ、呟いた。その涼聖に、

「おまえを父と呼ぶ気はない」

龍神は即座に返し、

「うん、叔父だから、お義父さんって言われても、反応しづらいけどな」

涼聖もさらりと返す。

そんな二人のやりとりを、ちゃぶ台の上で、今日の数独クイズに挑戦しながら、呆れた様子でシロは見つめるのだった。

おわり

烏天狗、恋の夜明け前
CROSS NOVELS

春めいた日差しがさんさんと降り注ぐのどかな四月某日。

今日も今日とて、疲れ切った様子の橡が盛大に泣いたままの淡雪をスリングに入れて抱き、香坂家にやってきた。

「橡殿、今日もまた壮絶なお疲れ具合で」

人に見つからないように、しかし迅速に飛んで、香坂家の庭にやってきた烏天狗の橡に、香坂家の留守居役を務めている伽羅が、縁側に出てきて、苦笑しながら言う。

「最近、ずっと機嫌が悪ぃ……。雛に戻ってりゃ他のカラスに任せてられるが、この姿のまんまだ。何の嫌がらせだっつーんだよ」

悪態をつく橡の腕に抱かれた淡雪はまだ盛大に泣いたままだ。

伽羅は庭に降り、橡に近づくと、スリングの中から淡雪を引き取る。

「淡雪ちゃーん、今日は御機嫌ななめですかー？」

伽羅が声をかけ、あやすように軽く上下に揺らしながら様子を窺う。

淡雪は一瞬、泣き声を止めたが、すぐにまた泣き始めた。

「おむつは…平気ですし、ご飯は？」

「離乳食やったけど、嫌がってなかなか食わねぇ。妖力は与えてるから、腹は減ってねぇはずなんだ」

「ですよねー？　いったいどうしちゃったんでしょうねー？」

伽羅は抱いた淡雪に話しかけるようにしながら縁側から家へと入る。

「橡殿、寝たいんでしょう？　いつも通り奥の客間にどうぞ。淡雪ちゃんはちゃんと見てますから」

振り返り、縁側から同じように家に入ってきた橡に伽羅は言う。

「ホントいつも悪ぃな」

「いいんですよー。うちも陽(はる)ちゃんがよく遊んでもらってますし、困った時はお互い様ですっていうか、こういう時に恩を売りこんでおくのも一つの手なんで。あ、スリング置いてってくださいね、俺、使うんで」

気を遣わせないように、という伽羅なりの気遣いだというのは橡も充分分かっている。こんな時はその厚意に甘えておくほうがいいということも。

「じゃ、寝させてもらってくる」

橡はそう返して、いつも自分が来た時に使わせてもらっている客間へと向かった。

それを見送ったあと、伽羅はまだ泣き続ける淡雪を見た。

伽羅の抱っこが嫌なわけではないらしく、暴れたりはしないのだが、とにかく泣く。

「おむつでもないし、ご飯でもないとなると……なんなんでしょうねぇ……」

伽羅が考え込んでいると、

「うるさいと思ったら、またその赤子か」

金魚鉢の中から龍神が言った。

「龍神殿、やっぱり起きましたか」

「この状況で眠れるわけがなかろう……」

龍神はそう言ったあと、少し周囲を見回して、

「シロはどうした」

いつもならちゃぶ台の上で勉強をしたり、伽羅と一緒にいるはずのシロの姿がないのに気づいて聞いてくる。

「シロちゃんなら、裏庭の縁側でキナコと一緒に寝てますよ」

という伽羅の言葉に、龍神は、ああ、と頷いた。

キナコというのは、最近このあたりをうろうろとするようになった茶トラの野良猫だ。色がきな粉に似ているため、勝手に命名された。

野良なので基本的に懐いては来ないのだが、裏庭の縁側で眠っていくところを、シロは己の気配が薄いのを利用して近づき、キナコの腹のあたりに寄り添って一緒に眠っている。

シロいわく、

『びゃっこさまほどのけあしのながさがないからか、ふわふわさかげんはおとりますが、キナコどのはキナコどので、やわらかさとあたたかさがきもちよいのです』

らしい。

ちなみに陽は狐の姿に戻ってキナコと日向ぼっこをよくしている。

「まあ、シロは淡雪に弄ばれそうだからな。戻らぬほうが無難だろう」

「それもそうですねー」

伽羅も納得して頷く。

以前、淡雪がやってきた際、一生懸命淡雪をあやそうと頑張ったシロは淡雪につかまり、うっかり口に入れられそうになった。

咄嗟に姿を消してシロは難を逃れたが、

『われのちいささから、いきえ、だとおもわれたのでしょうか……』

と、後にシロはショボンと語っていた。

そして、淡雪はといえば、まだぐずぐずと泣いてはいるものの、龍神がしゃべるたびにぽこぽこ上がる気泡が面白いのか、じっと金魚鉢を見つめていた。

「お、龍神殿に興味を示したみたいですよー」

伽羅が言うと、龍神は、

「おい、やめろ。我のこの金魚鉢をこの者の手の届かぬ場所へ移せ」

対シロの時の、あわやな事件を思い出し、伽羅に言う。

「はいはい。淡雪ちゃん、ちょっと待っててくださいねー」

伽羅は淡雪を座布団の上に寝かせると、龍神の金魚鉢をちゃぶ台から水屋箪笥(みずやだんす)の上へ置き直す。

そして、ついでに淡雪を椽が置いていったスリングに入れて抱き直した。

泣き声がまた激しくなったが、伽羅ももはや慣れっこだ。

「淡雪ちゃーん、しばらく俺と一緒に家事をしててくださいねー」

そう言うと、途中だった常備菜作りのために台所に向かった。

男所帯だからと気にかけて、何かとおかずのいただきものが多い香坂家ではあるが、なくなる時はすべてがなくなる。

そろそろ、いつも作っている常備菜のいくつかの残りが乏しくなってきていたので、それを作っていたのである。

「んー、もうちょっと出汁を効かせたほうがいいですかねー。こっちは……うん、丁度ですね。火から下して味をしみ込ませて……」

手際よく作業をしていく。

そのうち、気がつくと淡雪は泣きやんでいて、その代わり、興味津々、といった様子で味見をしている伽羅を見ていた。

そして口元はなぜかよだれで濡れていた。

「淡雪ちゃん、もしかして食べてみたいんですかー」

と聞いてみると、淡雪は、

「まー、んっまー」

催促するように声を上げる。

「え、まさかのビンゴでしたか。……どうしましょうかね…離乳食は進んでるみたいですし……」

伽羅は少し考えてから、常備菜に使うために取った出汁をスプーンにすくって淡雪の口元に差し出した。

「はい、どーぞ」

そう言って飲ませると、淡雪はそれを口にした途端、その紅玉のような目を輝かせた。

「まー！　ん！　まっ！」

両手をぶんぶんと振って、興奮した様子を見せる。

「おや、気に入りましたかー。淡雪ちゃん、なかなかのグルメですね」

「まー、まっ、ま！」

返事をしているというよりは、もっと、と催促をしているとしか思えない様子に、伽羅は一瞬考えたあと、ジーンズのポケットに入れた携帯電話を取り出し、検索をかけ始めた。

検索ワードは「離乳食　和食　簡単」である。

淡雪をあやしながら、今すぐ作れそうなもののレシピを見ると、携帯電話をしまう。

「淡雪ちゃん、ちょっと待っててくださいねー。おいしいご飯作ってあげますからねー」

声をかけて、調理を始めた。

香坂家のいつもの客間で、椽はぐっすりと眠った。

最初こそ、遠くからでも聞こえる淡雪の泣き声が気になったが、睡眠不足が酷過ぎて、おそらく布団に入って五分も起きてはいなかっただろう。

何しろ、淡雪が眠っている時しか仕事ができない。

起きている時は泣きわめいているか、御機嫌なら何かいたずらをしている時なので、誰かが監視のためにつきっきりにならざるを得ないのだ。

しかも最近は、人の姿を取っている時が多いので、必然的に椽がついていることになる。別に他のカラスに世話をさせてもいいのだが、とっ捕まったカラスが羽を抜かれたり、尻尾をしゃぶられたり、いろいろな無体を働かれる事件が未だに頻発しているため、

『悪い、淡雪見ててくれないか』

と頼んだ際の迷惑顔が極まりないのだ。

実際、ものすごい迷惑をかけている覚えはあるので、強くも頼めず、結局椽が、というわけである。

とはいえ、淡雪は可愛い弟だし、寝ている様子や無邪気に笑っているところなどは、本当に天使だと思う。

まあ、いい笑みを浮かべている時は大体いたずらを楽しんでいる時ではあるのだが。

そんなわけで、淡雪が起きている時はつきっきり、寝ている時は仕事というわけで、椽には本

当に眠る時間がない。

細切れ睡眠で三時間ほど、というのが日常だ。

――よかった、琥珀たちと友好関係築けてて……。

先代の時代には、境界を接するすべての土地の神と敵対しているような状態だったため、後を継いでから「方針が変わりました」などといっても簡単には信じてもらえない。

正直、琥珀以外の土地神からは未だに避けられているのが現状だ。

偶然とはいえ、陽を保護したことでこっちの方針が変わったことを理解してもらえ、友好的な付き合いができるようになったおかげで、こうして寝不足がつらい時には頼ることができている。

最近は頼りっぱなしなのが正直申し訳ないのだが、自分たちの寿命的に長い付き合いになるだろうから、いずれ少しずつ返していこう、と今は甘えることにしている。

そのようなわけで今日もぐっすりと眠らせてもらい、目が覚めた時にはずいぶんとすっきりしていた。

部屋にあった時計を見ると、三時間ちょっと眠っていたらしいのが分かる。

「ああ……、そろそろ帰らねぇとな…」

起き上がった椽は簡単に布団をたたんで客間を出た。

押し入れにしまわないのは、干してからしまうからそのまま置いといてくれていい、と伽羅に以前言われたからだ。

七尾を持つ高位の稲荷(いなり)で、かなり多忙であるはずなのだが、領内をまとめ上げるほか、最近は主婦業に邁進しているように思える。

とりあえず凝り性らしく、やり始めたら自分で「ここ」と思うレベルにまで到達しないと気がすまない性質のようで、主婦業もかなり丁寧にこなしている。

そのうち、糠床(ぬかどこ)を持って自家製漬物をやりだしそうだな、と思う。

もっとも、既に梅干しは集落の老人の作業を手伝う代わりに、この家の一年分を一緒に作ってもらっているらしい。

――俺も頑張らねぇとな……。

淡雪を連れて帰ったら、残してきた仕事をまとめて、見回り報告を聞いて……。

そんな段取りを頭の中でつけながら、伽羅と淡雪がいるだろう居間に近づいた時、

「淡雪ちゃん、これも気に入りましたかー。本当にグルメですねー」

「だーぁ、だ!」

「そうですかー、大好きですかー」

柔和な伽羅の声と、これまでにない御機嫌そうな淡雪の声が聞こえてきた。

それにひょい、と居間を覗いてみると、ちゃぶ台の上にはいくつもの小皿が並べられ、伽羅の膝の上に座った淡雪がスプーンで何かを食べさせてもらっていた。

「……何、食わせてもらってんだ、淡雪」

声をかけると、伽羅が顔を上げ、椽に気づいた。

「椽殿、ゆっくり眠れましたか？」

「ああ、おかげでな。……淡雪に、何か食わしてくれてたのか？」

言いながら伽羅と淡雪が座る反対側に腰を下ろした。

「離乳食です。常備菜作ってたら、食べたそうだったので、ついでにいろいろ作ってみたんですよ」

「離乳食……」

ちゃぶ台の上をよく見ると、まだ食べ物の残った小皿が五枚、既に食べ終えたらしい小皿が同じく五枚重ねてあった。

「んーま！　ま！」

「もっと食べたいですかー？　ちょっと待ってくださいねー」

淡雪の催促に伽羅は前の小皿からスプーンで一口分すくい、淡雪の口へと運ぶ。自分からスプーンに口を寄せていく食いつきっぷりは、ここのところほとんど見ないものだ。

「もう、結構な量食ったんだろ、こいつ」

積み重ねられた小皿を見つつ問う。

「そうですねー。大人のお茶碗で一杯半ってとこですかね」

言われた量に、椽は目を見開く。

「そんなにか？」

「ええ」

「家じゃ、ほとんど食わねぇっつーか、がんがん顔を横に振って嫌がって、その挙げ句に泣くんだぞ……。食いたくねぇのかと思ってたのに」

　だからこそ妖力だけを与えていたのだ。妖力さえあれば少なくとも空腹にはならないはずで、それなのに目の前の食いつきようを見ると、どういうことなのかさっぱり分からなかった。

「橡殿が淡雪ちゃんに用意してる離乳食って、市販のですよね？」

「ああ」

「同じメーカーのですか？」

　問われて思い返す。

「……多分な。種類は変えてるけど」

　橡も現金収入という点では多少心もとないところがあり、淡雪のための費用は結構悩みの種だ。そのため一番安いメーカーのものを購入せざるを得ない。

「多分、飽きちゃったんですねー、きっと」

「飽きたって……種類、変えてんのに？」

　伽羅の言葉が腑に落ちずに聞くと、伽羅は少し困ったような顔をした。

「同じメーカーだと、種類を変えても、ベースの味が一緒なんですよね。それに気づいちゃって、嫌なんだと思います」

「マジか……。まだ結構在庫あんだけどな…」

底値の時に大量買いしてしまったものが、まだまだあるのだ。

それを食べない可能性がかなり出てきた。

「それにチョイ足しして、味を変えてあげれば食べてくれると思うんですけど……橡殿の家って調理、できないですよね？」

「箱火鉢（はこひばち）があるから、それで湯を沸かしたりはしてる」

そこで淡雪の離乳食を温めて食べさせていたのだが、本当に湯を沸かす程度のことしかできないし、調味料なども一切ない。

伽羅はしばらく考えたあと、

「じゃあ、俺がいろいろ作りましょうか？　上の俺の家の冷蔵庫に作り置きしたの冷凍しとくんで、必要な時に勝手に持っていってください」

そう言ったが、橡は頭を横に振った。

「そこまではしてもらえねぇ」

「なんでですか？　淡雪ちゃんが御機嫌なら、橡殿だって嬉しいでしょ？」

伽羅は不思議そうに聞き返してくる。

「助かるのは、助かる。けど、今だって何かと世話になってばっかりだ。これ以上は……」

橡がそこまで言った時、伽羅は手にしたスプーンを立てて、ちっちっち、と言いながら横に振った。

「橡殿、頭が固いですよ。本宮のほうでも、最近育児に従事してた稲荷がいるんですけど、原因不明の夜泣きに悩まされて、大変だったたって言ってました。幸い、本宮は稲荷の数が多いのでそれなりにサポートがあって乗り切ったみたいですけど、橡殿の場合、人の姿に変化して淡雪ちゃんの世話をできるのって、他にいないわけですし……。領内の方が頑張っても、どうしても橡殿の負担は重くなります。もしそれで橡殿に何かあったら、淡雪ちゃんにも問題が起きるじゃないですか」

「そりゃ、そうだけど」

「だったら、多少のお手伝いはさせてください。あれです、人界でよく言われてる、地域で子育てってやつですよ。陽ちゃんだって、集落の皆さんに育ててもらってるところありますからねー」

伽羅の言葉に橡は押し黙る。

確かに、原因不明のギャン泣きの原因が、食べ物によるものなら、今目の前で御機嫌顔で口をもぐもぐしている淡雪を見れば、かなり助かるとは思う。

しかし、そこまで甘えていいとも思えなかった。

いまいち踏ん切りがつかない様子の橡に、伽羅は小さく嘆息したあと、不意にあることを思い出して口を開いた。

「そう言えばこの前、倉橋(くらはし)先生がいらっしゃったんですよ」

「倉橋さんが？」

「ええ、淡雪ちゃんはどうしてるかって聞かれたんで、橡殿が夜泣きで眠れない程度には元気ですって伝えておきました」

「そのまますぎる事実だな」

「そんなに橡殿が眠れなくて困ってるなら、倉橋先生が非番の時と橡殿の予定をすり合わせて、淡雪ちゃんの世話を見るって言ってましたよ」

淡雪は倉橋にとても懐いている。

初めて会った時から、どれだけ泣いていても倉橋に抱かれている時は大人しかったし、言うことを聞いた。

倉橋も淡雪のことを気にかけてくれているのが言動の端々で分かった。

――お大事に――

熱を出した淡雪を診療所に連れていった時にかけられた言葉と、笑みを思い出した瞬間、橡の心臓が不規則な動きを見せる。

――ときどき、こういうことあんな…。どっかヤベェのかな。

寝不足が体に悪いとは言うが、やはりそうなのだろうかと少し眉根を寄せていると、

「どうかしたんですか？　そんな難しい顔になるようなことじゃないでしょ？　それともどこか調子悪いんですか？」

心配したらしく伽羅が問う。

「いや、なんでもねぇ……」

「どっちにしたって、橡殿一人でっていうのは、まだしばらく無理ですよ。陽ちゃんみたいに、ある程度までずっと狐の姿だったっていうならまだしも、淡雪ちゃん、この姿になっちゃうこと多いんですし。ハイハイが始まって、とんでもないとこに一人で行っちゃったりしてるでしょ?」

見透かしたように言われて、橡は返す言葉もなかった。

「ほら、やっぱり。だったら遠慮しないでください。俺もおいしく食べてくれる人が多いのは嬉しいですからねー」

伽羅はそう言うと視線を淡雪に戻す。

淡雪はにこにこしながら、スプーンを持つ伽羅の手をぺしぺしと叩いた。

「ああ、次のを食べましょうねー。次はかぼちゃとジャガイモのペーストですよー」

催促されて、伽羅は新しい小皿を引き寄せて淡雪に食べさせる。

「……本当にいいのか? 甘えちまって」

「もちろんです。こっちの食事を作るついでに、薄味でペースト状にしたりすればすむんで、大した手間じゃないんですよ。じゃあ、今日作ったのも冷凍して、上の家の冷凍庫に入れときますね。好きな時に来て持ってってください。あとで、家の鍵渡しますし……あと、倉橋先生のお休みの予定、今度聞いておきますね」

付け足された倉橋の名前に、また椽の心臓が妙な動きを見せたが、

「くー……し！　くー！」

倉橋、の名前に淡雪が反応する。というかさっきから倉橋の名前が出るたびに、目が輝いていた。

「そう、倉橋先生ですよー。淡雪ちゃん賢いですねー。淡雪ちゃんは倉橋先生のこと大好きですもんねー」

伽羅が言うのに、淡雪がにこにこと笑う。

いたずらをしている時以外では滅多に見られない笑顔だ。

「倉橋さん、病院が忙しいんだろ？　休みの日にこいつの世話とかさせられねぇ」

「世話っていっても、淡雪ちゃん、倉橋先生といる時は大人しいじゃないですか。それに、淡雪ちゃんのことは気になるみたいですよ。医学的にアルビノ…でしたっけ？　なんか、いろいろ弱い部分とかあるみたいで、定期的に診察したいっていうのもあるんじゃないですか？　涼聖殿も気にしてますし」

それでも、やはり頼むとは言えないのか、

「今度、倉橋先生からお二人の話が出たらってことにします」

「……ああ」

そう返したが、伽羅が引いたことで、なかったことになるのかもしれないと思うと残念な気持ちになっている自分に椽は気づいた。

――いやいや、あの人だって普段仕事してんだから、休みの日は休まねえと……。

人間は自分たちよりももっと弱い。

その人間に頼るようなことはできればしたくないのだ。

――琥珀はそのあたりの葛藤とか、どうだったんだろうな……。

琥珀は弱り切ったところを涼聖に助けられ、今は恋仲であるが、当初はそういう葛藤はなかったのだろうかとふと思う。

――今度会ったら、聞いてみるか……。

そんなことを思いながら、満足そうに口をもぐもぐさせている淡雪を見た。


「長いこと、世話になって悪かったな」

それから一時間ほどして、橡は帰ることにした。

本当はもう少し早く帰るつもりだったのだが、

『ついでに橡殿も何か食べて帰ったらどうですか?』

と伽羅に勧められ、新作だという総菜をはじめ、定番惣菜などをごちそうになっていたからだ。

「いえいえ、どういたしまして。淡雪ちゃん、またご飯食べに来てくださいねー」

手を振りながら言う伽羅に、橡が下げたスリングの中でご満悦そうな顔の淡雪が無邪気に手を振り返してくる。

「橡殿も、いつでもどうぞ。スペアキー準備できたら連絡しますね」

そう言った伽羅に、橡は、ああ、とだけ返すと地面を一蹴りし、夕焼けに染まる空を自領へと飛び帰った。

それを見送ってから、

「さて……急ごしらえにしては上出来でしたけど、もうちょっとちゃんと調べて離乳食を作りましょうかね」

伽羅はそう呟いて家に戻る。

淡雪はこうして、専属シェフをゲットしたのだった。

あとがき

こんにちは。今年こそ庭の薔薇を掘り返して、土を入れ替えたい松幸かほです。……部屋の掃除？　進んでないからこその現実逃避ですよ（笑）。と、毎度お約束の自虐トークからの入りですが、狐の婿取り、なんと九冊目です！

今回は、エアリーな存在感（ちょっとでも印象よく言おうとしてみた）の涼聖さんに活躍してもらおうと、涼聖さんの可愛い甥っ子ちゃんを出してみたのですが……思いのほか他の方が活躍を……（笑）。

そして龍神様は、今回も安定のピザカット。この人の香坂家での唯一の仕事かもしれない……相変わらずマイペースな方です。

謎の人物登場と、そしてフリというか回収してない伏線らしきものもありますが（気付かれない程度の伏線です）、多分、伏線回収は次回、謎の人物の詳細はこれから考える予定です（え！）。

そんな行き当たりばったり感満載のこのシリーズに、いつも素敵すぎるイラストを添えて下さるのは、みずかねりょう先生です。甥っ子ちゃんのラフをいただいた時、可愛すぎて悶絶しました……。

もう本当に、みずかね先生のイラストのおかげでこのシリーズが続いていると言っても過言じゃないというか、八割がたみずかね先生のおかげです。いつもいつも、ありがとうございます！　次回こそ、早めの原稿UPを心がけます（今回もご迷惑をおかけしたのです……すみません）。

行き当たりばったりなシリーズと同じくらい、私の人生も常に行き当たりばったりですが、なんと、今年でデビューから十五年のようです。まだまだ新人気分でふらふらとして、各方面に迷惑をかけておりますが（要するにあんまり進歩してないわけですよ）、もう十五年も経つのですね。

その間確実に老いて、二年ほど前から徹夜ができなくなりましたが（世知辛い）こうして十五年も書き続けてこられたのは、支えて下さる各出版社の方々や挿絵の先生方、それから読んで下さっている皆様のおかげです。

人様に誇れる美点も特性も持ち合わせておりませんが、少しでも皆様に楽しんでいただけるものを書いて行きたいと思いますので、これからもどうぞよろしくお願いします。

二〇一八年　結露が減って来た三月上旬

松幸　かほ

今度は神様、
大バトル??
2019年冬
狐の婿取り（仮）
coming soon
松幸かほ・著
みずかねりょう・画
※イラストと小説内容は、かなり異なります。
煌めく摩天楼のあいだを
駆け抜ける狐神たち！
その先で、
彼らが見た
ものとは!?
シリーズ10作目、あなたは歴史の目撃者になる…のかも？

CROSS NOVELS既刊好評発売中

新米パパ「代行」は、もう大変!?

狐の婿取り-イケメン稲荷、はじめて子育て-

松幸かほ

Illust みずかねりょう

「可愛すぎて、叱れない……」

人界での任務を終え本宮に戻った七尾の稲荷・影燈。報告のため、長である白狐の許に向かった彼の前に、ギャン泣きする幼狐が??

それは、かつての幼馴染み・秋の波だった。彼が何故こんな姿に……

状況が把握できないまま、影燈は育児担当に任命されてしまう!?

結婚・育児経験もちろんナシ。初めてづくしの新米パパ影燈は、秋の波の「夜泣き」攻撃に耐えられるのか!?

『狐の婿取り』シリーズ・子育て編♡

CROSS NOVELSをお買い上げいただき
ありがとうございます。
この本を読んだご意見・ご感想をお寄せください。
〒110-8625
東京都台東区東上野2-8-7　笠倉出版社
CROSS NOVELS 編集部
「松幸かほ先生」係／「みずかねりょう先生」係

CROSS NOVELS

狐の婿取り—神様、契約するの巻—

著者
松幸かほ

2018年4月23日　初版発行　検印廃止

発行者　笠倉伸夫
発行所　株式会社　笠倉出版社
〒110-8625　東京都台東区東上野2-8-7　笠倉ビル
[営業]TEL　0120-984-164
FAX　03-4355-1109
[編集]TEL　03-4355-1103
FAX　03-5846-3493
http://www.kasakura.co.jp/
振替口座　00130-9-75686
印刷　株式会社　光邦
装丁　磯部亜希
ISBN　978-4-7730-8880-9
Printed in Japan